KB251080

문학과지성 시인선 630

정오의 총알

이수명 시집

문학과지성사

문학과지성사에서 펴낸 이수명의 시집

고양이 비디오를 보는 고양이(2004)
언제나 너무 많은 비들(2011)
마치(2014)
왜가리는 왜가리놀이를 한다(2015, 시인선 R)
물류창고(2018)
도시가스(2022)

문학과지성 시인선 630

정오의 총알

초판 1쇄 발행 2026년 3월 31일
초판 2쇄 발행 2026년 4월 15일

지은이   이수명
펴낸이   이광호
주간   이근혜
편집   조아혜
펴낸곳   ㈜문학과지성사
등록번호   제1993-000098호
주소   04034 서울 마포구 잔다리로7길 18(서교동 377-20)
전화   02)338-7224
팩스   02)323-4180(편집) / 02)338-7221(영업)
대표메일   moonji@moonji.com
저작권 문의   copyright@moonji.com
홈페이지   www.moonji.com

ⓒ 이수명, 2026. Printed in Seoul, Korea

ISBN   978-89-320-4515-3   03810

문학과지성 시인선 630

정오의 총알

이수명

시인의 말

정오에 집을 나선다

아무도 모르는 집

2026년 3월
이수명

정오의 총알

차례

시인의 말

1부

얼음 만들기 **9**

최근에 읽은 책은 무엇인가요 **10**

흰 커튼 **12**

친구를 만나러 간다 **14**

실내화 **16**

풍뎅이 **17**

양송이수프 **18**

국립중앙도서관 **20**

이 책에는 **22**

내가 말을 할 때 **23**

말해봐 말해봐 말해봐 그게 무슨 소린지 **24**

주택이 끝나는 곳 **26**

머릿속에서 수건을 꺼낸다 **28**

나무 상자 **30**

하지 **32**

성묘객들은 밝은 옷을 입는다 **33**

성탄절이 이상하다 **34**

표시를 할게 **36**

풀에 베이지 않도록   38

정오의 총알   39

2부

시간관념   43

도마를 보여줘   44

매미가 울었다   46

기웃거리는 사람   48

종이컵   50

오늘의 자연 분해   52

아무것도 없는 묵념   54

출장   56

누가 나오기로 했는지는 모른다   58

이 비   60

소년   62

눈이 굳어지기 전에   64

가볍게 걷기   66

초록과 조금 더 어두운 초록과   68

시내로 나가면 어떠니   70

장위동으로 갔다   72

드라이클리닝   74

브로콜리 유튜브   77

3부

X   83

22:22   84

개미는 그만두지 않는다 85

서울 그리고 겨울 86

휴관 88

머그컵 90

맨발 92

클랙슨 94

노트 96

스노우사파이어 98

왜 벤치에 페인트를 칠하나 100

통화 102

해설

반전의 시간·이희우 104

1부

얼음 만들기

나는 얼음 만드는 사람

올여름에는 정말 많은 얼음을 만들었고

얼음이 컵마다
그릇마다
둥둥 떠다녔다.

겨울이 와도
커피에서 얼음을
빼지 않았고

내가 만든 얼음을 먹었다.

동그란 얼음 네모난 얼음이
장난치면서
녹는 것을

바라보았다.

최근에 읽은 책은 무엇인가요

좁은 골목 입구에 여기저기 책들이 내던져져 있다. 누가 버렸을까, 아무도 가져가지 않는다.

지나가다 쭈그리고 앉아 책을 집어 든다. 최근에 읽은 책은 무엇인가요, 질문을 받은 것처럼 책장을 넘긴다. 책장마다 다음 책장이 달려 있다. 접혀 있는 페이지를 편다. 글자들이 걸어 나온다.

책에서 이제 손을 떼려고 해

들려오는 소리에 두리번거리면 아무도 없고

거미 한 마리가 책 위를 기어간다. 한 글자 한 글자를 지나 마지막 글자에서 머뭇거린다. 마지막 글자가 떠오를 것 같다. 거미도 같이 떠오를 것 같다. 하지만 거미는 페이지와 페이지 사이로 사라진다.

커다란 소리로 웃는 사람들이 지나간다. 그들의 발은 책에 걸리지 않고 머리는 서로 부딪치지 않는다.

비가 와도 괜찮아?

응 괜찮아 어디서든 괜찮아

얘기를 나누는 사람들이 발을 내밀며 지나간다.

흰 커튼

흰 커튼을 매달아놓은 집이 있어

나는 흰 집에서 발끝으로 걸어 다닌다.
책장들 사이를
책장에 부딪치지 않으며

바스락거리는 소리
잠옷이 나를 상냥하게 하네 바스락거리는
잠옷이 나를 아프게 하네

커튼이 바람에 높이 날아오르면
바닥이 순간 꺼져 내리는 듯하고

그러면 실내에는 처음 보는 나무들이 도착한다.
나무들 뒤로 숨으려 하면

나무들이 벽을 내밀어 숨을 수 없고

잠옷이 나를 아프게 하네

잠옷이 나를 잠 못 들게 하네 돌아다니게 하네
내 잘못이라 하네

오늘 입은 잘못이라 하네
흰 커튼을 매달아놓은 집이 있어

커튼은 뜻 없이 물결치고
내가 발끝으로 걸을 때마다
처음 보는 책들이 머리 위에서 떨어진다.

친구를 만나러 간다

친구를 만나러 간다.

이 나무에서 저 나무로 벌레들이 옮겨 가기에 친구를 만나러 간다.

벌레보다 먼저 나무가 움직이기에 친구를 만나러 간다.

나무는 움직일 때도 전혀 움직이지 않는다.

나무를 따라 걷는다.

나무를 비추는 불빛을 따라 걷는다.

꺼졌다 켜지고 다시 꺼졌다가 켜지는 불빛은 머릿속에서 먼저 깜빡인다.

이 불빛에서 저 불빛으로 벌레들이 옮겨 가기에 친구를 만나러 간다.

이 불빛에서 저 불빛까지 걸으면 불빛들은 모두 끊어지는 걸까.

멀리 불빛 하나가 가물댄다.

친구를 만나러 간다.

이 친구에서 저 친구로 벌레들이 옮겨 가기에 머릿속의
불빛이 꺼진다.

어둠이 졸음에 빠진다.

걸음을 멈춘 나무에는 구멍이 나 있다.

구멍이 부풀어 오른다.

친구를 만나러 간다고 나갔는데 나는 돌아오지 않는다.

실내화

흰 실내화를 신는다. 거실을 가로지른다. 방을 가로지른다. 다시 거실로 나온다. 흰 실내화를 신으면 소리 내지 않고 걸을 수 있다. 햇빛을 밟을 수 있다. 도망을 가지 않아도 된다.

앞집에 가본 적이 없다. 옆집에 들어간 적이 없다. 나는 그냥 실내화를 신고 이 집 안에 들어 있다. 친구에게서 전화가 온다. 지금 집에 있어,라고 하니 그가 집에 온다고 한다. *집 구경을 하고 싶어,* 나는 오지 말라고 한다. 집에 실내화가 있다고 털어놓는다. 밖에서 보자, 집을 비울 생각을 한다. 실외를 걸을 것이다.

다시 무표정한 가구들 사이를 돌아다닌다. 실내화와 나의 걸음이 일치한다. 흰 실내화를 신으면 잠이 든 채 걸을 수 있다. 잠 속에서 끝없이 떠다닐 수 있다. 거실에서 방으로 다시 거실로 나온다. 형체를 알아볼 수 없는 어떤 그림자가 얼핏 지나간다. 패턴 무늬가 희미해진 카펫 위로 빛이 조금 남아 있다. 빛이 뾰족하다.

풍뎅이

　지붕이 뾰족한 집으로 들어간다. 지붕이 뾰족하면 조용히 들어갈 수 있다. 지붕이 뾰족하면 창문도 뾰족해 보인다. 집 안에는 한 남자가 있다. 그는 떠날 채비가 되어 있지 않다. 나는 서두르지 않아도 된다고 말한다. 그는 소리가 들리지 않느냐고 한다. 붕붕거리는 소리, 풍뎅이 소리 같지 않냐고, 그렇군요, 그런 것 같군요, 아직 시간이 있어요, 방 안은 어질러져 있고 군데군데 생선 뼈가 놓여 있다. 그는 풍뎅이가 언제나 제자리를 지키고 있다고 한다. 자신을 빙빙 돌고 있다고, 그렇군요, 풍뎅이가 공중에서 멈추지 않네요, 그것은 아주 번쩍이는 초록 풍뎅이예요, 여러 개의 창문을 연다. 옛 창문과 새 창문이 부딪친다. 무엇을 기다리는지 모른다. 시간이 없는지도 모른다. 창밖에 세워져 있는 차의 실루엣이 보인다. 그는 풍뎅이를 쫓아내야 한다고 말한다. 작은 곤충이 울부짖으며 자신의 위아래 왼쪽 오른쪽을 제멋대로 가로지르고 있다고, 그렇군요, 가로지르고 있군요, 풍뎅이 때문에 나는 조용히 서 있을 수 있다.

양송이수프

양송이수프를 만든다. 만드는 중에 그가 들어온다. *곳곳 에 비가 오고 있어*, 그가 말한다. 머리를 말릴 생각도 하지 않고 서 있다. 신문지로 싼 무엇인가를 현관에 내려놓는 다. 무엇이냐고 묻는다. *별거 아냐*

현관에는 어지러운 책, 쓸모없는 책 들이 폐품으로 놓 여 있다. 여러 번 읽은 책이 있다. 밑줄을 그은 책이 있다. 비 오는 날 주머니에 넣어 오다,라고 첫 페이지에 쓰여 있 는 책도 있다. 신문 뭉치가 책이냐고 물으니 그는 아니라 고 한다.

그는 물속에 있는 것처럼 천천히 움직이고 느릿느릿 말 한다. *전국에 비가 오고 있어, 곳곳에 이끼가 끼어 있어*

머리에서 물이 뚝뚝 떨어지는 그를 바라보고 창문을 통 과해 들어온 비를 바라보고 아무렇지도 않게 번져가는 이 끼를 바라본다. 수프가 잔뜩 부풀어 오른다. 크고 넓게 휘 젓는다. 그가 물에서 걸어 나오기를 바란다. 물을 닦기를 바란다.

그는 내 옆을 지나가고 내 앞을 지나가고 오늘은 다른 사람 같다. 집 안에서 길을 잃은 것 같다. 현관에 폐품이 놓여 있기 때문인지 모른다. 어지러운 책들을 넘다가 발을 잘못 옮겼는지 모른다. 어제와 다른 날씨 때문인지 모른다.

곳곳에 웅덩이가 생겼어, 모터 소리가 계속 들려, 그는 다짐하듯 말하고 짧게 웃는다.

나는 수프를 식탁 위에 올린다. 그가 무엇을 가져왔는지 알지 못한다. 내가 풀어보지 않은 그 신문 속에 무엇이 있었는지

국립중앙도서관

　오늘도 놈들이 왔어, 나를 보자마자 노인이 대뜸 말한다. 각자 떨어져 앉아서 나를 감시하고 있어, 한 놈은 배낭을 메고 있고 다른 놈은 운동화를 구겨 신고 있지, 며칠 만에 나타난 노인이 나는 반갑다. 나는 우선 자리를 권한다. 그렇군요, 지금도 있나요, 노인은 내게 몸을 기울여 속삭이듯 말한다. 아 그렇다니까, 배낭에서 책을 꺼내는 척하면서 계속 나를 감시하고 있어, 핸드폰을 들여다보는 놈도 있구, 그래서 나도 책을 보는 척하고 있지

　잠시 후 노인은 아래층으로 내려갔다가 서둘러 올라온다. 겉으로 봐서는 아닌 것 같지만 나는 못 속여, 세 명인 줄 알았는데 다섯 명이야, 고개를 숙이고 얌전히 책을 보는 척하고 있어, 글쎄 한 놈은 아주 낯이 익어, 눈이 마주치자 놈이 당황해 웃을 뻔했다니까, 나는 고개를 천천히 끄덕이며 노인에게 데미소다 음료수를 내민다. 날마다 그렇게 쫓아오나요, 노인은 한숨을 쉬며 말한다. 그래요, 도서관을 바꿔도 소용없어, 용케 알고 쫓아와, 당신도 조심하는 게 좋을 거야

주말에 도서관이 방역 소독을 해서인지 어딜 가나 소독약 냄새가 난다. 냄새가 나도 불편은 없다. 컴퓨터 모니터를 바라보는 데 아무 불편이 없다. *직원들은 아무 말도 하지 않아, 노인은 다시 내게 다가와 불만을 늘어놓는다. 지난번에는 감시하러 열 명이 한꺼번에 왔는데도 제지를 안 했지, 도서관을 날마다 드나드는데 정기간행물실 자료실을 마음대로 돌아다니는데 그냥 통과시키지, 책을 보는 척하는 놈들을 조심해, 아무 책이나 책상에 펴놓는 놈들,* 나는 책을 덮는다. 책마다 기다란 일련번호가 붙어 있다. 노인은 손가락을 펴 보이며 재차 말한다. *오늘은 다섯 명이나 왔어*

이 책에는

이 책에는 다섯 명의 사람이 나온다. 사람 1과 사람 2가 물을 마신다. 페트병을 들고 번갈아 마시다가 사람 3이 나오면 사람 2는 종적을 감춘다. 사람 3은 사람 2를 얼핏 보여준 적이 있다. 사람 2는 사람 3 뒤에 숨어 죽은 듯 숨죽이고 있다가 정말 죽는다. 그는 물을 마시다 죽은 것이다. 이제 물을 마시지 않아도 된다. 물은 해롭다. 물은 마시다 멈춰야 한다. 사람 4는 컵을 찾는다. 여기 컵이 없어요, 사람 4가 외치면 사람 1과 3은 마시던 페트병을 구겨버린다. 사람 5는 병을 아끼는 취미가 있다. *페트병을 구기면 안 돼요, 물을 바닥에 흘리면 안 돼요,* 사람 5가 중얼거리면 여기 물을 흘린 사람은 누구인가, 물 위에 서 있으면 물이 미끄럽다. 미끄러운 사람은 누구인가, 이 책에 나오는 다섯 명의 사람들은 비슷한 자세로 서 있었다는 것이 알려진다. 비슷한 높이로 페트병을 들어 올렸다는 것이 판명된다. 물을 천천히 마시며

내가 말을 할 때

내가 말을 할 때, 내 옆에서 누군가 말한다. 내가 응, 거기로 갈게 할 때, *휴지가 굴러가고 있잖아* 하고 누군가 말한다. *휴지가 계속 굴러가는 게 안 보여?* 말하는 목소리는 내 옆에 있다가 내 안으로 들어왔다가 내가 말을 할 때, 말하다가 잠시 멈출 때, 내 안에서 튀어나온다. 기다려, 간다고 했잖아, 내가 다시 말을 할 때, *휴지가 이미 다 풀려버렸어,* 그 목소리가 말한다. 나는 할 말을 잊는다. 나는 입을 다문다. *끊어진 휴지를 한곳에 모으고 있습니다, 휴지로 모조리 틀어막으세요,* 그가 나 대신 말한다.

말해봐 말해봐 말해봐 그게 무슨 소린지

한밤중에 전화가 걸려와 잠이 깼다. 모르는 번호였다. 잠에서 깨는 순간 전화가 걸려왔다. 모르는 번호였다. 나는 잠들지 못하는 사람이었다. 나는 낮에 하나의 돌을 돌무더기 옆에 놓아두었다. 돌에는 눈이 없어서 나는 줄곧 깨어나지 못하는 사람이었다. 전화의 목소리는 내게 따지고 있었다. *말해봐 말해봐 말해봐 그게 무슨 소린지*

위층에서 싸우는 소리가 났다. 어디서 싸우는지 알 수 없었다. 화장실 같기도 하고 방 같기도 하고 거실 같기도 했다. 남자가 미친 듯이 웃는 소리가 들렸을 때는 싸우지 않는 것처럼 생각되었다. 무엇을 보고 웃는지 알 수 없었다. 문을 보고, 벽시계를 보고, 오디오 스피커를 보고 웃는지, 아니면 어둠을 보고 웃는지 알 수 없었다. 여자는 소리 지르며 추궁하고 있었다. *아니잖아 아니잖아 아니잖아 그게 아니잖아*

나는 전화를 받는 사람이었다. 아침에도 저녁에도 전화를 받는 사람이었다. 돌이 날아다녔다. 돌무더기를 찾을 수 없었다. 모르는 번호가 아는 번호가 되고 아는 번호는 다시 모르는 번호가 되었다. *말해봐 말해봐 말해봐* 모르는 사람이 윽박지르고 있었다. *아니잖아 아니잖아 아니잖*

아 싸우는 사람이 맞서고 있었다. 나는 전화를 받느라 줄
곧 잠들지 못하는 사람이었다. 나는 싸우는 소리를 들으
며 잠이 들었다.

주택이 끝나는 곳

오늘은 아무 일도 하지 못했다. 손이 없는 것처럼
아무것도 붙잡지 못했다.
책상 위에 서류를 펼쳐놓고 들여다보지 못했다.
종이들은 미끄러져 바닥으로 떨어지고
밀려가는 소리를 냈다.
소방 당국은 산불을 끄지 못했다.
경찰은 방화 용의자를 체포하지 못했다.

처음에는 듣지 못했다.
그것은 양이 우는 소리였다. 희미하지만
분명히 양이 울고 있었다.
누가 밖에 양을 세워놓았나
주택이 끝나는 곳 외진 덤불에서
양이 우는 소리가 들려왔다. 양은 덤불에서 나오지 못
했다.
그러나 울음소리는 덤불을 뚫고 나왔다.

멀리 가지 못하고 울음소리는 덤불 주변을 맴돌았다.
주택가에는 주택밖에 없었다. 아무도 창을 열지 못했다.

공기가 타고 있었다.

하지만 소방 당국은 불을 껐다고

이제 잔불 진화 중이라고 발표했다.

불이 다시 살아날지 모르니 집 안에서도 모두 엎드리라고 했다.

조심하라고 했다.

주택가에 비치해둔 밤

잔불 속에 천천히 식어가는 밤

엎드려서 남은 공기가 타는 소리를 들었다. 양의 울음소리를 들었다.

귓속에서 빙빙 돌다가

울음소리는 바닥으로 떨어졌다.

주택이 끝나는 곳

누가 밖에 양을 세워놓았나

머릿속에서 수건을 꺼낸다

빨래에서 이상한 냄새가 난다.
양말 1 양말 2 양말 3은 뒤엉켜 있고
면바지는 못 쓰게 된 것 같다. 너무 줄어들어 있다.

이상한 냄새가 나는 것은 커튼이다.

바구니에 빨래를 모두 담아 옥상으로 간다. 건조대를
세우고 빨래를 넌다.
커튼에서 계속 쓴냄새가 난다. 커튼을 넓게 펴서 넌다.
커튼이 옥상을 가로지른다.

옥상을 떠나지 않아 떠나고 싶지 않아

잊지 않고
머릿속에서 젖은 수건을 꺼낸다. 수건 1 수건 2 수건 3
축축한 수건들을 어떻게 널어야 하는지 모른다.
구겨지고 뒤틀린 수건들이 맞닿지 않도록
서로 떨어뜨려 널어야 한다.

옥상에서는 수건을 바라본다.

옥상을 떠나지 않아 떠나고 싶지 않아

옥상에 햇볕이 납작하게 들어온다. 빛에서도 이상한 냄새가 난다.

이상한 빛에 빨래가 다 녹아 없어질지 모른다.

수건 1, 2, 3이 도로 머릿속으로 들어간다.

커튼이 날아가

알지 못하는 어느 집 창에 매달린다.

나무 상자

　오른쪽 도로입니다, 4차로로 주행하세요, 카카오맵의 안내에 따라 차선을 바꾸려던 그는 급브레이크를 밟았다. 갑자기 눈앞에 어떤 상자가 나타난 것이다. 얼핏 사과 상자 같은 것으로 보였는데 나무로 된 것이었다. 그는 브레이크를 밟은 채 비상등을 켰다. 차선을 바꾸려 사이드미러를 보았지만 오른쪽, 왼쪽 모두 차들이 줄지어 나타났다.

　망설이는데 뒤에서 경적 소리가 요란하게 울렸다. 그만해, 나보고 어떻게 하란 말야, 갈 수가 없는데, 그의 입에서 아무 말이나 튀어나왔다. 하지만 그 말이 채 끝나기도 전에 뒤차가 그의 차 앞으로 재빠르게 휘어져 들어왔다. 그 짧은 찰나에도 또 한 번 거칠게 빵빵거리는 소리가 들렸다. 차는 나무 상자 위를 거침없이 내달렸다. 다음 차도 또 그다음 차도 마찬가지였다. 다들 그를 향해 총을 쏘듯이 경적을 울리고는 상자를 아랑곳하지 않고 달렸다.

　한 떼의 차들이 지나고 난 후에도 상자는 그 자리에 있었다. 찌그러지지도 않고 그대로였다. 살짝 움직인 것 같기도 했다. 아니 한 번이나 여러 번 굴렀는지도 몰랐다. 이제는 정육면체로 보이기도 했다. 뒤에서 경적이 계속 울렸지만 그 소리는 처음처럼 날카롭지 않았다. 그는 브레이크를 밟은 채 꼼짝하지 않고 나무 상자를 바라보았다.

하지

　오늘이 하지라고 한다. 하지를 잘 보아야 한다. 나는 하지를 보러 창을 열었는데 늦은 오후 검은 새 한 마리가 공중을 가로지른다. 하늘을 스치는 것 같은, 검은 새가 하지인가 보다.

　드립 커피에 끓는 물을 붓는다. 검은 물이 고인다. 물을 붓고 고이는 물을 마시고 다시 붓고 마시고 커피가 끝없이 이어지는 찻잔이 빙빙 돈다. 찻잔이 내 귀를 스치는 것만 같다. 며칠 전 의사는 내게 물어보았다. *어지러울 때 주변이 돕니까 자신이 돕니까*

　실내는 힘이 세다. 슬리퍼를 던지면 슬리퍼는 어디에든 부딪쳐 나가떨어진다. 나는 그래서 실내를 붙잡고 서 있는다. 아무 가구나 붙잡으면 된다. 서로 맞물리지 않는 가구들이 도열되어 있는 실내에서 나는 어지러움을 멈춘다.

　하지에는 밭에서 사람이 쓰러지기도 한다. 쓰러진 사람은 하지를 알까. 그가 땅에 부딪힌 순간 여름의 가장 긴 빛이 꺼진다. 꺼지는 빛이 하지인가 보다. 빛이 다시 켜지면 나는 그가 뽑다 만 풀을 뽑는다.

성묘객들은 밝은 옷을 입는다

그는 컵에 담긴 아이스커피를 빨대로 휘휘 저으며 성묘를 가자고 한다. 성묘객들은 모자를 쓰고 밝은색 옷을 입는다. 손에 꽃을 들고 있다. 무덤을 빙 둘러선다. 돗자리를 깔고 그 위에서 절을 한다.

그는 컵을 휘휘 젓는다. 컵 속을 들여다보며 세상을 떠난 사람의 성묘를 가자고 한다. 공원묘지에는 성묘객들이 많아서 전국 각지의 사람들이 펼쳐진다. 미리 성묘한 사람들과 미리 성묘하려는 사람들이 벌초를 권장한다. 무덤을 정리하고 벌집을 숨긴다. 벌초를 하는 사람이 있고 벌초하고 잔디를 입히는 사람이 있고 벌초하고 잔디 입히고 다시 와서 벌초하는 사람이 있다. 올해 얼마나 많은 사람들이 벌초를 했는지는 알 수 없는 일이다.

그는 컵을 계속 열심히 휘젓는다. 학교를 그만두고 직장을 그만두고 운동을 그만두고 그는 성묘를 가자고 한다. 컵 속에는 아직도 얼음이 둥둥 떠 있다. 그는 컵을 들어 올린 채 성묘에 접속한다. 성묘 문화에서 벗어나지 않으려고 성묘객들이 무리를 이루어 나란히 걷는다. 입은 옷을 넓게 펼치며 벌떼를 스쳐 지나간다. 벌들이 전부 다른 무덤에서 기어 나온다.

성탄절이 이상하다

캐리어 상점에 들른다. 바닥에서 천장까지 캐리어들로 빼곡하다. 내가 찾는 기내용 캐리어가 있다. 주인이 없다. 잠깐 자리를 비운 것이라 생각하고 기다린다. 하지만 이렇게 빈 상점에 서 있으면 퇴짜를 맞은 것만 같다.

가방들 사이를 돌아다닌다. 건강이 나빠지면 가방을 산다. 더 나은 깨지지 않는 캐리어를 사야 한다. 그런 것은 없지. 흠집이 너무 쉽게 나는 것이다.

반짝거리는 가방들
얼굴을 찌푸리고 서 있는 사람 때문에
당장 반짝거리는 것을 멈추지 않을까 마음을 졸인다.

다가오는 성탄절이 이상하다. 성탄절이 아직 멀리 떨어져 있는 것이 이상하다. 성탄절에 여행하려고 가방 가게를 찾아다니는 것이 이상하다. 아직 밖으로 나가본 적 없는 새 가방들을 바라본다. 가방 뒤로 숨는 저 벌레는 이미 죽은 채 움직이는 것인가

추운 겨울 시내 한복판을 걷다가 오토바이족에게 가방을 빼앗긴 일이 있었지. 그 가방 속에는 아무것도 없었다. 그런데도

가방 내놔,
악을 쓰며 쫓았었지

가방 속에 무엇을 넣어야 하나
유행하는 폴리카보네이트 재질의 캐리어를 고른다.

주인을 기다린다.
보여드릴 가방이 없습니다
말할지 모른다.
주인이 캐리어를 팔지 알 수가 없다.

표시를 할게

A: 그럼 되지 않을까

B: 무슨 말이야

A: 그냥 그걸 가져오면 되잖아

B: 뭘 가져오는데?

A: 아령을 가져와도 되고 텀블러를 가져와도 되고 그래 수건을 가져오면 어때 목에 두르기도 좋고

B: 수건은 왜? 목에 두르면 좀 이상한데

A: 그렇지 바로 수건으로 표시를 하는 거야

B: 무슨 표시를 하는 건데

A: 나도 모르지 풀을 찾지 못했다는 표시인가

B: 그래 표시를 할게

A: 어제 한 사람이 달리는 것을 보았어

B: 그 뒤로 또 한 사람이 달리고 있었어

A: 너는 벌써 수건을 두르고 있구나

B: 그래 고개를 돌려도 떨어지지 않아

A: 수건은 너무 자연스럽다고 생각해 목에 두르고 나면 곧 잊어버리지 수건을 들고 있는 게 어때

B: 수건을 들고 있는다고? 언제까지나?

36

A: 그래 수건을 들고 있다가 던져버리는 거지 표시를 하는 거야

B: 어디에 던지는 거지 무슨 표시를 하는 건데

A: 나도 모르겠어 풀에 던지는 게 아닐까

B: 풀이 둥둥 떠다니는데…… 달리는 사람들처럼

A: 표시를 할게

풀에 베이지 않도록

풀이 움직였다. 풀을 따라 움직이는 것이 있었다. 풀밖에 없다고 생각했지만 얼룩무늬 고양이가 풀 속에 있었다. 바람이 일어 풀이 움직일 때 고양이도 꿈틀거리는 것이었다. 고양이가 어디를 보는지 모르겠다. 시선이 조금 먼 곳을 향한 듯했다.

고양이를 따라 나도 그 먼 곳을 바라보려 할 때, 갑자기 고양이가 몸을 돌려 나를 보았다. 나를 보고 있었다. 나도 그를 보았다. 눈동자는 주인을 잃은 듯, 어쩐지 터무니없어 보였다. 풀에 붙은 두 개의 노란 물방울은 누구의 것도 아닌 듯했다.

잠시 후 고양이는 시선을 거두고 풀 속으로 사라졌다. 고양이는 없고 풀이 일렁일 뿐이었다. 풀은 고양이를 떨쳐낸 것일까. 아직 풀 속에 있는지 모른다. 아니 거기엔, 아무것도 없었는지 모른다. 내가 본 것이 고양이가 맞는지 모르겠다. 나도 풀을 따라갔다. 풀에 베이지 않도록 했다.

정오의 총알

　방충망에 매미가 붙어 있다. 두 마리였다가 세 마리였는데 지금은 한 마리가 붙어 있다. 붙어 있을 뿐이다. 조금 전까지 요란하게 울어댔는데 가까이 다가가니 울지 않는다. 얼굴을 꿰맨 것 같은 배와 날개를 꿰맨 것 같은 매미는 포복을 멈춘 몸이다. 망에서 더 이상 흩어지지 않는다. 너는 어디서 왔는가, 방충망을 사이에 두고 나는 너와 마주하고 있다. 너는 비로소 차분해진 것인가, 언제든 죽은 것처럼 보이는 것은 자연스러운 일이다. 망에 붙은 벌레를 떼어낼 필요는 없는 일이다. 하지만 방충망을 가볍게 치니 매미는 정오의 총알처럼 솟아오른다.

2부

시간관념

봄이 되자 나는 새로운 반에 들어갔다. 새로운 교실을 찾았다. 복도 끝에 있었다. 새로운 번호도 받았다. 떠드는 아이들과 뛰어다니는 아이들과 뛰어다니는 아이들을 붙잡으려는 아이들과 아무 쓸모 없이 붙잡힌 아이들 아무 소용 없이 새로운 아이들 속에서 일 년을 보낼 참이었다. 잠든 것처럼 보이는 아이들과

우리들을 넣어두는 교실 안에서 창밖을 바라보았다. 기다란 운동장을 다리를 절며 걸어 나가도 될 거라고 생각했다. 운동장에서 이상한 옷을 입고 등을 보이고 있는 아이들과 새로운 공을 던지며 노는 아이들과 새로운 공을 놓치며 노는 아이들과 놀지 않는 아이들을 지나가도 될 거라고 생각했다. 밤처럼 어두운 아이들과

밤처럼 어두운 돌을 나르는 아이를 얼핏 본 듯했다.

도마를 보여줘

도마를 보여줘
물방울이 하나도 없는

도마를 보여줘
칼자국이 하나도 없는

떠다니는 머리카락이 미끄러지게
도마를 옆으로 세워줘

손님이 없다.
포장지가 없다.
요리가 없다.

잎이 돌아오는 4월에
파란 잎으로 덮이는 나무처럼
무슨 액체가 들어 있는지 알 수 없는 파란 병을 도마 옆
에 놓아줘

식탁보를 편다.

반듯하게 펴지지 않는다.
그동안 어떻게 식탁보를 폈는지 모른다.
요리가 없는 식탁을 차린다.

텅 빈 식탁에 갇혀

깊이 잠든 도마를 깨워줘
어슬렁거리게 해줘

칼자국이 제멋대로 돌아다니다가
달라붙지 않도록

매미가 울었다

비슷비슷한 소리로 매미가 울었다.

비좁은 골목
공구상들이 늘어선 청계천로
펜치, 스패너, 드라이버, 드릴에서 뜨거운 바람이 불어
왔다.
한 남자가 긴 파이프 위에 앉아 나사를 조이고 있었다.

매미가 울었다. 근처에 나무도 숲도 없는데
나무처럼 숲처럼 울었다.
바람을 끊어낼 것처럼 울었다.

그 남자는 바닥에 앉아 이번에는 나사를 풀고 있었다.
풀어놓은 볼트 너트를 선반 위에 올려놓고 있었다.

사람들이 공구를 사러 왔다. 매미 때문에 머리가 돌아
버린 사람들이 나사를 달라 하고 망치를 달라 했다. 어떤
사람은 전동 드릴을 달라고 했다. 전동 드릴이 없으면 그
라인더를 달라 했다. 굴러다니는 알루미늄 캔이 이 사람

저 사람 발에 차여 삐뚤빼뚤 날아다녔다.

　그 남자는 다시 긴 파이프 위에 앉아 파이프를 자르고
있었다.
　파이프를 두드리며 발밑을 조심하라고 했다.
　바닥에는 미친 못들이 있다고

　시멘트 바닥에서 뜨거운 바람이 불어왔다.
　매미가 울었다. 목숨을 끊고 울었다.
　매미가 매미를 매미를 매미를
　매미들을 모두 끊어버린 것처럼

기웃거리는 사람

24시간 오픈하는 편의점 앞에 도착했을 때
나는 열이 있었고 오늘 약속은 물거품이 되었다.

진열대 위의 물건들이 차고 넘쳐 밖으로 흘러나와
편의점을 빙빙 돌고 있었다.

나는 한동안 서 있었다.
길 건너편에도 편의점이 있었다.
그쪽 편의점 앞에도 나처럼 기웃거리는 사람이 있었다.
그 사람은 금방 사라졌다.

뭘 사야 하나 생각해보았다.
유리문 뒤에서 눈을 뜨고 있는 직원이 보였다.
그는 바코드를 찍으며 한자리에서 거의 움직이지 않았다.

한 사람이 물건을 사 들고나오는 데 걸리는 시간을 재
보았다.
어떤 사람은 치약을 들고나오고
어떤 사람은 고무장갑을 들고나왔다.

기웃거리던 사람이 사라졌다.
오늘은 물거품이 되었다.
나는 열이 있었고 마음이 놓였다.

일회용 접시 백 개를 사서 들고나올 때
나는 편의점과 거의 일체를 이루었다.

자동적으로 숨을 쉬었다.

오후에는 편의점으로 차량이 돌진했다.
차의 앞 유리가 모두 부서졌다.

종이컵

종이컵이 춤추듯이 어둠 속을 굴러다닌다. 배달 오토바이가 나타나면 컵은 오토바이에 매달린다. 오토바이가 빈티지 무인점포를 지나 사라지면 컵은 바닥에 떨어져 뒹군다.

비틀거리는 취객이 광고용 배너를 붙잡고 서 있다. 컵은 취객의 일부가 되어 비틀거림의 일부가 되어 그의 주변을 맴돈다. 취객이 지나가고 컵이 뒤에 남는다.

홀로 남은 컵

신내로4길
더 이상 아무도 나타나지 않는다.

컵은 잠시 꼼짝도 하지 않는다.
밤 깊은 시간 홀로 쓰러져 있다.

하지만 곧 이리저리 떠다닌다.
쓰러진 채

저절로 움직이는 것처럼 보인다.

무엇을 피하지도 않고
오그라들지도 않고
암흑 속의 하얀 종이컵

오늘의 자연 분해

비가 짧게 내렸다. 비가 그친 후 넓은 구름이 왔다. 우리는 구름을 거의 보지 않았다. 구름 전선은 발달하고 발달하고 발달을 멈추고 북상 중이었다. 구름은 수시로 바뀌었다. 구름의 모양이 흐트러질까 근심하는 동안 구름이 사라졌다.

상설 할인 마트 앞에 한 노인의 조각상이 있었다. 뼈가 드러나 있는 상이었다. 지나는 사람들이 조각상을 피해서 갔다. 나는 노인의 편을 들었다. 뼈가 점점 튀어나오는 것을 좋아하지는 않았다.

우리는 걷고 있었다. 짧은 비에 땅을 뚫고 올라온 지렁이들이 번들거렸다. 지렁이들은 비킬 줄 몰랐다. 헝클어진 지렁이들 사이를 통과하고 통과했다. 하루하루를 통과해서 하루하루의 투명한 비들이 깨어지고 우리는 걸어가면서 노인이 되었다. 구름 한 조각을 들고 서서 노인이 되었다. 구름을 놓쳤다. 노인에 대해 아는 것은 거의 없었다. 뼈가 움직이고 있었다.

버스는 타지 않았다. 차량이 뜸해졌다. 무엇이 우리를 앞으로 떠밀고 있는지 우리는 오늘보다 앞서 있었다. 오늘은 자연 분해되어 사라지고 있었다. 발에 구멍이 숭숭 뚫리고 붕 떠 있는 것 같았다. 손을 뻗어 단추를 채운 것도 같다. 어디까지 왔는지 주변을 둘러보았다.

다 온 건가, 네가 물었다.
그런가 봐, 여기는 보도블록이 새로 깔렸네

아무것도 없는 묵념

오토바이는 언제나 갑자기 나타난다.
내가 길을 걸어가고 있을 때면

그러면 나는 손을 모으고 묵념을 한다.
아무것도 없는 묵념
무엇을 하는지 모르는 묵념

팔짱을 낀 연인들이 좁은 길을 메우고 걸어간다.
그들이 신은 장화가 저벅저벅
장화가 제일 느리다.

나는 장화를 몰래 훔쳐본다.
장화를 따라간다.
따라가며 가끔씩 묵념을 한다.

도시의 차가운 빛
더러운 스티커가 잔뜩 붙은 통유리
나뭇잎들은 나무에 매달려 없어지는 연습을 하고
거리를 빠져나가는 빠져나가다가 빠져나가지 못하는

저기 어떤 기침이 누군가의 목에 계속 걸려 있고

사거리에서 장화를 놓친다.
사이렌 소리가 요란하게 울려온다.
갑자기 오토바이가 나타나 사이렌 소리를 덮어버린다.
오른쪽에서 나타나 왼쪽을 바로 뚫어버리는 드릴처럼

나는 이제 그 뚫린 곳으로 걸어간다.
뚫려 있어

잊지 않고 묵념을 한다.

출장

테이블에 앉아서 커피를 마신다. 자동차 검사를 받으러 가야 한다. 엔진도 타이어도 살펴야 한다. 출장을 가기 전에 카센터에 먼저 들를 것이다. 출장을 가서도 그곳 어디에서 차를 수리해야 할지 모른다. 불확실한 잔을 기울인다. 이번 출장까지만 다녀오고 나서 차를 점검해도 될까. 빛이 잔에 모여들면 갑자기 눈앞이 캄캄해진다. 이유는 모른다. 길을 나설 때마다 그럴 뿐이다.

이번 출장은 예정에 없던 것이다. 내가 외투를 입고 있었기 때문에 팀장이 나를 지목한 것이다. 지난 출장은 회의할 때 출입문 가까이에 앉은 탓이다. 팀장이 그렇게 말한 것인지 내가 말한 것인지 모른다. 사람들이 말한 것을 혼자 있을 때 반복하다 보니 모든 말이 혼잣말이 된다. 출장은 혼잣말이다.

시동을 건다. 카센터에 들르지는 않고 자동차 검사를 받지도 않고 그냥 달린다. 바퀴가 달리는지 달아나는지 모른다. 출장을 가겠다고 해놓고 이것이 출장인지 모른다. 출장을 가는 것 같지 않다. 무작정 액셀을 밟는다. 트럭 한 대가 추월해 지나간다. 저렇게 큰 트럭을 준비한 자가 있다. 다른 차들이 끼어든다. 불확실한 핸들을 붙잡는다. 핸들을 잡으면 서서히 눈앞이 캄캄해진다.

　쏟아지는 차들과 나란히 달린다. 도로 한편에 멈춰 선 차가 있다. 운전자는 보닛을 열고 자신의 차를 들여다보는 중이다. 그는 망가진 차에 매달려 있다. 모든 차들이 피해 간다. 비켜 간다. 휘어지는 차들 사이로 다시 트럭이 나타난다. 트럭을 보니 웬일인지 지금까지 전혀 달린 것 같지 않다. 출장을 가는 것 같지 않다. 불확실한 창문을 내린다. 자신의 차를 들여다보던 사람이 이제 보이지 않는다. 차들이 속도를 올리고 있다.

누가 나오기로 했는지는 모른다

무슨 계획이라도 실행하는 것처럼 걸어간다. 한 블록을
더 가서 오른쪽 골목에 카페 더 썬이 있다. 누가 나오기로
했는지는 모른다. 네 명이 나오기로 했는데 세 명이 나올
수도 있다.

그중 한 사람이 반갑다고 손을 내밀지도 모른다.

트럭을 세우고 상자를 내리는 사람들이 있다. 두 손으
로 상자를 들어 올려 바닥에 쿵쿵 떨어뜨린다. 지나가는
사람들이 상자들 사이를 빠져나간다. 내 발치에 털썩, 떨
어지는 상자가 있어 걸음을 멈춘다. 공중에서 날아온 상
자를 피해야 한다. 누가 나오는지는 모른다.

걸음을 재촉한다. 계획에 차질이라도 생긴 것처럼 서둘
러 걸어간다. 무엇인가 반복되고 있다. 이상한 생각이 들
어 몸을 돌려보면

담벼락에 구멍이 뚫려 있다.

몇 명이 나오는지 모른다. 그들이 어떤 상자를 테이블 위에 올려놓고 열어보라고 할지도 모른다. 상자를 들어 올리는 손과 상자를 여는 손과
상자 속의 손

쓰고 있던 모자가 굴러떨어진다. 바람에 날려 간다. 빠르게 멀어진다. 모자를 쫓아간다. 하나밖에 없는 모자다.

모자는 벌써 보이지 않는다.
모자를 포기하고 되돌아서 터벅터벅 걷는다.

담벼락에 뚫린 구멍을 바라본다. 카페 더 썬에는 아무도 없는지도 모른다. 어떠한 손도 없을지 모른다.

갑자기 생각난 것처럼
집으로 가는 길로 방향을 잡는다. 반복되는

잠을 자려고
오늘의 잠을 잘 준비를 하려고

이 비

폐지가 쌓인 여름이다.

이 비는 나뭇잎에 떨어진다.
이 비는 나뭇잎을 흔들어도 좋다.
나무가 빗속을 돌아다닌다.

손에 망치를 들고 있고 그 사람은
빗속에서 망치를 들고
경비원이 된다.
경비원은 이 동네를 두드리지는 못한다.
괜찮다. 폐가구를 두드린다.

여름에 머무르지 못하고 여름에서 떨어져나가 멀리
돌아오지 못하는 사람들
폐지가 여기저기 떠내려가고

망치 소리가 쩌렁쩌렁 울린다. 경비원은
망치를 들고
홀로 경비를 선다.

빗소리가 사방 가득하다.

폐지된 여름이다.

이 비는 나뭇잎에 계속 떨어진다.
나뭇잎을 뒤집지는 않는다.
뒤집었으면 좋겠다.

소년

어두운 밤이었다. 비가 내리고 있었다. 한 소년이 어두운 운동장을 걷고 있었다. 비옷이 거의 땅에 닿으려 했다. 소년은 운동장을 가로지르더니 곧 가장자리를 따라 둥글게 걸었다. 걸을수록 비옷이 점점 땅에 끌렸다. 어느 순간에는 소년이 멈추고 가장자리가 돌았다. 가장자리의 나무들이 천천히 돌았다. 어둠이 비에 젖는 것인지, 비가 어둠에 취한 것인지 알기 어려웠다. 그러다 나는 소년을 놓치고 말았다. 분명 소년은 운동장을 따라 걷고 있었는데, 나는 그 모습을 눈으로 계속 좇고 있었는데, 갑자기 보이지 않았다.

비옷만 나무에 걸려 있었다.
그것은 홀로 공중그네를 타는 듯 흔들렸다.
비닐 비옷을 피해 그 흐릿한 형체를 피해

비는 구부러졌다. 빗줄기들이
구부러지며 서로 부딪쳤다.
부딪치며 소년을 어디에 숨겨놓았는가

비에게 물어보지 못하고 나는 숨을 쉬었다.

숨을 쉬지 않았던 것도 같았다.

무거운 운동장을 천천히 내려놓았다.

눈이 굳어지기 전에

눈과 눈 사이를 걷는다.
눈과 집 사이를 걷는다.
검은 코트를 입고 걷는다. 검은 캐리어 검은 신발
흰 눈을 따라 걷는다.

캐리어를 질질 끌며
신발을 질질 끌며

눈이 굳어지기 전에
눈으로 마을이 다 굳어지기 전에

탑승을 할 것이다.
몇 번 게이트인지 확인해야 할 것이다.

신호등 불이 깜빡거린다.
통증이 굳어지기 전에
여기를 빠져나가야 하는데

눈에서 나가지 못한다. 눈에서 나가려고 눈을 향해 걸

어가고 있다. 눈 같은 것을 뭉치지도 못한다. 뭉쳐서 멀리
던지지 못한다.

검은 코트 안으로 검은 신발 안으로 자꾸 눈이 들어온다.
발목을 가져왔지만 창에서 뛰어내릴 때 흩어진 발목
눈에 흠뻑 젖고 만다.

비행기를 놓치고 말 것이다.

눈과 어둠 사이를 걷는다.
마치 걷지 않는 것처럼

눈 위에 발자국이 찍히지 않는다.

한 사람이 상점 앞 눈을 치운다.
다른 사람이 도로 위 눈을 치운다.
모두 두꺼운 장갑을 끼고 있다.

가볍게 걷기

우리는 가볍게 걷기로 했다. 몸을 빛이나 바람에 붙였다 떼었다 하며 걷기로 했다. 그러나 집을 나서자마자

들판이 어두워졌다. 어두워서 앞이 잘 보이지 않았다. 발끝에 채는 풀은 습하고 미끄러웠다. 이대로 걸을 수 있겠니

발을 옮길 때마다 풀이 몰려오고 풀이 헝클어졌다. 풀속에서 우리의 발도 헝클어졌다. 풀에 떠밀려 둥둥 떠다녔다. 그냥 가볍게 걷기로 했다. 그러나 어떻게 걸어야 하는지 알지 못했다.

헝클어진 풀에 잠겨서 우리의 발은 피가 통하지 않았다.

나는 여기서 나가자고 했다. 방법이 있을 거야, 머리를 모두 풀어 헤치고 환한 신발을 신고 있으니 어디로든 갈수 있다. 너는 그냥 가볍게 걷자고 했다. 풀이 우리를 에워싸고 있으니 천천히 걷자고 했다. 하지만 이것은 풀이 아닐지도 모른다. 풀보다 무거운 안개일지 모른다.

머리 위로 뭐가 보이니,
어둠 속을 날아다니는 것이 있으면 좋겠다,
어두운 하늘을 아무것도 날지 않는다.

무엇이 우리를 여기로 데려왔을까
우리는 미끄러질 거야, 이미 미끄러져 넘어진 것이 아
닐까, 깔깔거리며 너를 풀 속에 풀어놓을 거야

너는 그냥 가볍게 걷자고 했다.
풀과 함께
풀 속에서 두 발을 잃어버려도

초록과 조금 더 어두운 초록과

채소를 사러 나간다.

날마다

시장에는 채소들이 가득하다.
채소를 사러 나온 사람들로 가득하다.

파
부추
상추
오이
시금치

내가 그중 하나에 손을 뻗기도 전에
사람들의 손이 벌써 어김없이 채소에 붙는다.

초록과
조금 더 어두운 초록과
얼마 남지 않은 초록에 붙는다.

오늘 우리는 채소와 너무 붙어 있기 때문에
채소와 분리될 필요가 있다.

시장 입구에 늘 보던 노인이 있다.
다른 사람은 앉을 수도 없는 작은 의자에 허리를 구부
리고 앉아 있다.
그는 *밭이 없어, 밭이 날아갔어,* 하며 양배추의 겉대를
뜯어내 던진다.
이파리들이 공중에서 서로 닿을 듯 말 듯 떨어진다.

이파리들이 한곳으로 날아가면 좋은데
이파리들은 분리될 필요가 있다.

양배추 한 통을 들어 올린다.
잠시 이렇게 들고 있을 것이다.
초록 겉잎이 다 벗겨져나가

독이 보이지 않는다.

시내로 나가면 어떠니

한참 동안 있었다. 너는 아파트 단지 내 주차장에

낙엽을 쓸고 있었는데 차창에 붙어 잘 떨어지지 않는 잎들을 손으로 모두 떼어냈는데 보닛을 가득 덮고 있는 낙엽을 쓸어내고 낙엽 속의 벌레까지 몰아냈는데

갑자기 바람이 불어 낙엽들이 땅에서 날아올랐다.

거기 서서 뭐 하는 거냐 하는 큰 소리가 들렸다.

머리카락이 마구 날아올랐다.

너는 어리둥절해서
서둘러 머리끈으로 머리를 묶고

낙엽을 한쪽으로 치웠다. 돌아다니지 못하도록 치워도 낙엽이 다시 흩어졌다. 아까 그 목소리가 이번에는 뭐라 할지 몰랐다.

시내로 나가면 어떠니라고 할지도 몰랐다.
차를 몰아보면 어떠니

그런 소리는 들려오지 않고 날아오른 낙엽들이 허공을
빙빙 돌며 다가왔다. 너는 낙엽에서 낙엽으로 휩쓸리다가
휩쓸리고 말면 그뿐,

그러나 싫증이 나버려서 네가 낙엽 회오리를 빠져나갈 때
너는 얼굴에
노란색 빨간색 낙엽들을 하나씩 붙이고 있었다.

장위동으로 갔다

종일토록 일어나지 않았다.

아무것도 하지 않은 날이었다. 조금 안심이 되었다. 안심하고 일어나 신체의 운동으로 도망쳤다. 걷고 걸어 장위동으로 갔다.

계속 벽에 부딪혔다. 이러다간 내가 벽으로 변할지도 모른다. 작은 충돌에도 건물들이 움직였다. 골목들이 움직였다.

어디선가 날아온 공이 발 앞에 떨어져 굴러갔다. 공을 찾으러 나타나는 사람은 없고 둥글게 발달한 검은 머리들이 더 검은 잠을 찾는 듯 떠다녔다. 하지만 머리들은 잠에 자리 잡을 수 없고

잠에서 깨어나 울 수 없다.

일렬로 늘어선 상가에는 철 지난 옷들이 아무렇게나 걸린 채로 신체의 방향에 만족하고 있다. 나도 오늘의 외출

에 만족한다. 오늘을 따돌리는 외출이다. 더 이상 신체의
반응을 따라가지 않아도 된다.

　머리가 떠 있지 않아도 된다.
　멈추어 서서 벽을 자세히 들여다보았다. 벽에 접속하는
것처럼

　벽보다 먼저 건물들이 움직였다. 골목들이 움직였다. 검
은 머리들이 골목을 빠져나가고 있었다. 벽을 볼 때면 나
는 내가

　어디를 보는지 정확히 알지 못했다.

드라이클리닝

너는 마당에 서 있고
반복해서 말한다. *세탁물을 찾아와야 한다.*
현아, 빨리 찾아와야 해

나는 말한다. 다음에 찾아오면 된다.

마당에는 처음 보는 사람들
좁은 마당에서 차를 모는 사람이 있고
나도 차를 몰고 마당을 빠져나가려는데 엔진 소리가 붕
붕거리는데
너는 멈추라고 말한다.
마당을 보라고

너는 마당을 그냥 쏘다닌다고 한다.

나는 말한다. 너도 타라고

마당에 오래 서 있으면 안 된다.
마당에 종일 쭈그리고 앉아 있으면 안 된다.

마당은 움푹 꺼질 것이고
마당은 사라진다.

너는 마당을 그냥 쏘다닌다고 한다.
마당은 사라지지 않아
그리고 마시라고 물 한 잔을 내밀고 빨간 코트를 찾아
오라고 한다.

빨간 코트는 영 어울리지 않아 이 마당에서는 하고 내
가 말하면
너는 웃으며 말한다. *그래도 찾아와야 한다. 현아, 드라
이클리닝한 세탁물들이*
어디론가 다 날아가버릴지도 모른다.

나는 말한다. 내가 모는 차에 너도 타라고
그냥 돌진할 수 있을 거야 이 마당에서는
차들이 쏜살같이 달리는 것을 보라고
결정을 하라고 말한다.

너는 마당을 그냥 쏘다닌다고 한다.

너는 빨래를 널고 있다.

흰 셔츠 검은 셔츠를 널고 있다.

셔츠들을 번갈아 흔들고 있다. 셔츠들이 셀 수도 없이
많아서

너는 마당에 서 있다.

브로콜리 유튜브

*

잔에 금이 간다.
금이 간 나의 잔을 들어 올린다.

*

너는 집을 팔아야겠다고 한다.
여기를 나가야 한다고
나는 파리를 먼저 내보내자고 말한다.
겨울인데 파리가 있다.

금이 간 잔에 입술을 대고 말한다.
우리 집에 파리가 있다.

*

이 추운 겨울에 어떻게 파리가 발생하는가
너의 중얼거림
너는 파리가 저절로 나갈 것이라 한다.
너는 파리를 아주 싫어하였으므로
파리는 가만히 있지 못하고 돌아다닌다.

*

건물이 자꾸 위로 솟는다.

건물이 다 보인다.

너는 블라인드를 올렸다 내렸다 한다.

건물은 계속 우두커니 서 있다.

눈앞에 건물을 그만 가져와도 좋다. 여기를 떠나야 하
는데 왜 자꾸 가져오는 거야

너의 말에 나는 할 말을 잃는다.

나는 이제는 금이 간 잔을 가져오지 못한다.

*

같은 표현을 반복한다.

반복하려다 만다.

유튜브를 틀어놓고 브로콜리를 씻는다.

브로콜리 씻는 법 따라 하기

무조건 박박 씻는다.

*

창밖으로 두 아이가 나타나 뛰어다닌다.
둘 다 부스럭거리는 검은 봉지를 들고 있다.

애들아 여기서 뛰어다니면 안 돼

*

시체가 우두커니 서 있다.

앞을 지나간다.

3부

X

저는 X입니다
사람들 앞에 서서 X가 말했다.

앉아 있던 사람들이 떠들어댔다.
X가 또 왔군
X만 오는군
X는 인사를 잘하지

한 사람이 말했다.
거기 X, 됐으니 자리에 앉아요

X가 말했다.
저는 X이지 여러분이 아는 X가 아닙니다

맨 앞사람이 말했다.
그게 그거야 X는 늘 인사를 하지

X는 웃으며 차트를 들여다보았다.
네, 저는 돌아온 X입니다

22:22

거미가 선반에서 벽으로 방향을 돌린다. 방향을 돌리는 것이 안전하다. 나는 침대에 누워 편안한 호흡을 하려고 정체 모를 거미와 함께 연속적인 호흡을 하려고 처음 보는 거미와 함께

하지만 아니다. 지금 벽에 붙어 있는 저 거미는 이미 내 몸속을 한 바퀴 돌아 나온 것일 테다. 한 바퀴 두 바퀴 구불구불한 거미의 동선을 그려보다가 침대 밑으로 손을 떨어뜨린다. 몸을 움직일 엄두가 나지 않는다.

거미가 다시 침대를 향해 다가오기 전에 21분에서 22분으로 시간이 바뀌는 것이 안전하다. 거미는 이번에는 꽤 많은 거미들을 데리고 올 것이다. 침대 밑에 잔뜩 숨죽이고 있는

개미는 그만두지 않는다

창밖으로 멀리 실루엣이 걸려 있다. 산등성이의 실루엣 잡아당겨본다. 뾰족한 고층 건물의 실루엣

오늘이 며칠인지 무슨 요일인지 생각한다. 커튼이 허공 중에 떠다닌다. 벽 사이에 끼워진 문이 조금씩 부풀어 오른다.

가구를 타고 오르는 개미가 가구에서 헤어 나오지 못한다. 옷장에서 서랍장으로 책장으로 다시 옷장으로 이동한다. 과도한 신체 반응이다. 개미는 실루엣을 그만두지 않는다.

스웨터를 찾는다. 창문 옆 책상 아래 복잡한 전선들 근처에 있던 스웨터가 보이지 않는다.

밖으로
나의 실루엣을 꺼내야 한다.

나의 두 손이 지상을 맴돈다.
건성으로

서울 그리고 겨울

어디서 주워 왔는지 기억나지 않는다. 돌 하나가 책상 위에 올려져 있다. 빛을 들여놓고 오후 내내 집에 있는 날은 돌을 센다. 하나밖에 없는데 하나 둘 셋 넷, 다시 처음부터 하나 둘 셋 넷,

쓰지 않는 형형색색의 펜들이 펜 통에 꽂혀 있다. 잉크가 말라 나오지 않는 펜을 쓰레기통에 던진다. 하나 둘 셋, 그러다 네번째 펜은 쓰레기통 옆으로 떨어진다. 통 안으로 떨어져도 밖으로 떨어져도 던지기는 계속된다.

호흡곤란이
다시 나타난다.

빛이 더 퍼져나가면 집을 톡톡 건드려본다. 집이 아직 사라지지 않았는지 확인한다. 밖에는 날카로운 고양이 울음소리 대낮을 한 번에 으스러뜨리며 고양이가 울고 있다.

특별한 증상은 아니에요
몸속에 돌 같은 것이 생겼다고 한다. 돌이 몸속을 돌고

있다고

　걱정할 증상은 아니에요 돌이 저절로 사라지기도 하니까
의사는 돌을 꺼낼 생각을 하지 않는다.

　물티슈를 꺼내 책상을 닦고 다시 앉는다. 돌이 예의 바
르게 사라지기를 기다린다.

휴관

도서관 앞에 안내판이 서 있다.
매주 월요일은 휴관입니다

오늘은 월요일
가을

10월의 월요일은 까마귀와 까치로 구성되어 있다.

번갈아 머리 위를
빙빙 돈다.

나타났다 사라지고
다시 나타난다.
계속계속 돌면
내 머리가 없어질 것이다.

고장 난 새들이 머리 위에서
자꾸 맴돈다.

손을 저어
쫓아낸다.

저들을 불러 세웠어야 하나

검은 깃털 하나가 발치에 떨어져
빙그르
돌고 있다.
어지러운 회전

멈추기 전에

도서관을 떠난다.
구름이 흔들리고
비가 내리기 시작한다.

비는 전국적으로
동시에 내린다.
무표정하게 내린다.

머그컵

종일 컵을 들고 다닌다.

커피를 마신다. 책상에 앉아서 마시다가 돌아다니며 마신다. 나도 모르게 컵을 어딘가에 놓고

전화를 받고 인터폰에 응답하고 생각난 듯 화분에 물을 주고 베란다에 떨어져 있는 빨래를 주워 올리고 빨래집게로 집어놓으려다가

컵을 찾아다닌다.

책상 위에 없고 화장대 위에도
없다.
집 안을 돌고 돌아도

미숙한 컵
잠깐이라도
더 이상 존재하지 않는 듯이
아무 데도 없다.

어디에 있는지 모르는 컵
아무도 모르는 컵

찾지 않을래
보이지 않는 것은 더는 찾지 않을래

아무도 모르는 집

날마다 빙빙 도는 집
집 안에서 나는 사라질 것이다.
나와 함께 집 안을 돌던 거미는 벌써 보이지 않는다.

컵 대신 빨래집게를 들고
돌아다니면

창밖으로 구름이 가짜처럼 하얗다.

하얀 페인트가 칠해진 창틀에
컵이 올려져 있다.

맨발

오늘은 내가 태어난 날이다.

내가 태어나서 지금까지 한 것은 거미를 가지고 논 일
이다.

틀림없는 거미였다.

거미를 세다가 처음부터 다시 세다가

다른 것을 가지고 놀아도 될 텐데 생각하다가

눈을 감고 한동안 시간을 보낸 일이다.

나는 놀기만 한 것은 아니다.

내가 제일 잘한 것은 곧 눈을 뜨고 앞을 바라본 일이다.

거미가 가버린 곳을 바라본 일이다.

어디로 가버렸는지는 모른다.

바라보고 나서

눈을 뜰 때도 있다.

그러면

눈앞에

거미 대신

첫번째 사람이 맨발로 포장도로를 걷는다.
두번째 사람이 맨발로 걷는다.
세번째 사람이 맨발로 걷는다.

포장도로 위에서 그들의 발은
얇다.
발의 혈관은 얇다.
점점 더 얇아진다.

발은 이제 포장도로를 거의 딛지도 않는다.
포장도로를 사용하지 않는다.

날씨를 살피려 일어선다.
해가 났는지 보려 한다.
내가 오늘 한 것은 포장도로를 위해
차를 마시고
차를 마지막 한 모금까지 마시고
잔을 어디에 내려놓아야 하는지 잠시 망설이고
조용해진 것이다.

클랙슨

조용한 오후 아파트 단지에 클랙슨 소리가 울린다.
누가 운전을 하고 있나
아무도 운전하지 않는데 멈춰 있는 차에서 계속 시끄러
운 소리가 난다.

낡은 아파트 위로
시대에 뒤떨어진 햇빛이 물결치듯 흐르는 대낮에 클랙
슨을 울리는 자가 누구냐

경적을 울리는 자가 사라진
경적 소리
제멋대로 시끄럽다.

오늘은 뭐든 괜찮다.
그냥 바람을 쐬러 나가는 거야
헤어드라이어로 머리를 말린다.

그래 어디로든 가보는 거야, 뜻밖의 쉰 목소리가 내게
서 새어 나온다. 웬일인지 전혀 다른 인물이 된 것 같다.

엉망인 집 안을 둘러본다. 아마 목숨을 버리는 일은 없을
거야

　양말을 찾아 발을 끼운다. 양말을 신으면 발이 간지럽
다. 벗어도 간지럽다. 오늘은 다른 발로 걸으면 좋겠어

　쑤어놓고 먹지 않은 흰죽이 식어가고

　제멋대로 계속 울리는
　시대에 뒤떨어진
　저 클랙슨 소리 누가 나타나서 가볍게 꺼버리면 좋을
텐데
　아무도 나타나지 않는다.

노트

네가 들어온다.
꽃을 가지고 들어온다.
꽃병이 식탁 위에 놓여 있다.

나는 소파를 밀고 다닌다.
소파를 벽에 붙였다가 다시 떼어놓는다.
고양이가 소파에서 소파로 건너다닌다.

네가 가위질을 한다. 꽃을 자르고 이파리를 자른다. 초록 이파리들이 날린다. 나는 이파리들을 모을 수 없다. 손에 붙들었던 몇 개의 이파리들을 풀어놓는다. 잘린 꽃가지들을 하나의 꽃병에 꽂을 수 없다.

고마워
발밑의 이파리들이 고마워
나는 바닥을 보고 중얼거리고

너는 이파리들 위를 미끄러지듯 떠다닌다.

너는 벽장에서 흰 노트를 꺼낸다. 처음 보는 것이다. 노트에 빛이 반사되는 순간 너는 그것을 다시 벽장에 넣는다. 아무 일도 할 수가 없어, 새로운 것을 꾸밀 수 없어, 노트는 *미끄러워서 단어들이 제멋대로 빠져나가*, 네 손이 노트에 잠시 붙었다가 떨어지는 것을 본다. 나는 소파를 밀고 다닌다.

고양이들이 소파에서 소파로 미끄러지듯 건너다닌다.
고양이는 공기를 통과하는 법을 보여준다. 공기를 피해 가는 법
소파 밑에 생각이 닿는다. 거기,
슬리퍼가 깔려 있다.

스노우사파이어

오전에 택배 박스가 온다. 박스 속에는 책이 들어 있다. 책이 작은 조각들로 잘려 있다. 어떻게 조각을 맞춰야 하는지 모르겠다.

한 조각을 꺼내 펼친다.
발을 뻗는 사
사람일까, 사자일까, 사이일까, 사막일까,

어떤 낱말이든 너무 꽉 붙들면 안 된다.
헐렁한 옷을 찾아 입는다.

물을 마신다. 숨을 쉬고 마시고 쉬지 않고 마신다. 깨어나서 마시고 깨지 않고 마신다. 나에겐 인간이 없다. 인간은 창밖 저기 거리에서 신속하게 걷는 자들이다.

그들은 걸으며 결코 머리 위를 쳐다보지 않는다.
위가 펼쳐지지 않도록

나는 도무지 밖으로는 나가지 않는

멀쩡한 하루

아무 이유 없이
위반 없이
스노우사파이어가 펼쳐진다.

물을 주는 순간 잎들이 사라진다. 물속으로 사라진다.
죽은 줄 모르고 잎들이 다시 죽는다. 죽는 수밖에 별도리
가 없다.

왜 벤치에 페인트를 칠하나

퇴근길 아파트 단지에 들어서면 입구 쪽 벤치 아래 고양이가 앉아 있다. 숨어서 나를 바라본다. 내가 어떻게 움직이는지

벤치는 새로 페인트칠이 되어 있다.

배달 오토바이가 단지를 가로지르고 택배 차량이 뒤를 따르고

101동 앞에 차를 세우고 택배 기사는 박스들을 내린다. 균형을 잃은 작은 박스 하나가 차 밖으로 미끄러져 떨어진다.

흰 고양이, 검은 고양이, 얼룩 고양이가 동시에 나타난다. 이렇게 고양이들을 나누면 벤치는 새로 페인트칠이 되어 있다.

나는 지금 여기서 살고 있다. 왜 벤치에 페인트를 칠하나 하늘에 떠 있는 구름이 숨을 멈추고 있는 것을 바라본다. 어떻게 그렇게 숨을 참을 수 있는지

나는 구름을 동영상으로 찍는다. 곧 구름은 명랑함을 회복해 움직이기 시작한다.

떨어져 굴러간 작은 박스를 얼룩 고양이가 바라본다. 그것이 무엇인지 생각하고 있다.

나는 지금 여기에 남아 있다.

촬영을 멈추고 페인트칠이 눈에 띄지 않게 조금씩 벗겨질 벤치에 걸터앉는다. 고양이처럼 박스를 바라본다.

통화

네가 걸어온다. 너는 울긋불긋한 티셔츠를 입었고 바닥을 쓸고 다니는 헐렁한 바지를 입었고 너는 장난을 치면서 온다. 장난으로 통화를 하면서 온다. 수많은 모양으로 입이 열린다. 너의 밖으로 소리들이 튀어나온다.

너는 소리들을 붙인다. 통화를 붙인다.
너는 너를 이어 붙인다.
너는 누구와 말할까

거리에는 통화를 하는 사람들과 통화를 그만두는 사람들 통화가 싫어져 묵묵히 걷는 사람들

나는 통화가 싫지만
거리에서 통화하는 사람이 싫지만
그래서 거리도 싫어하지만

거리의
의자에
앉아 있는

이름 없는
검은 조각상 옆에

잠깐 앉는다.

우리는 어깨를 맞대고
통화를 해볼까

흰 천을 꺼내
조각상의 머리에 씌워준다.
천 속으로 통화가 사라진다.

나는 신발에 붙은 광고지를 떼어낸다. 슬리퍼를 질질
끌고 다니는 탓이다. 단 하루 전 품목 50% 세일, 기다란
번호를 땅에 떨어뜨린다.

네가 이쪽으로 온다. 울긋불긋한 통화를 하면서 온다.
너는 누구와 말할까

반전의 시간

이희우
(문학평론가)

조심하라! 뜨거운 정오가 초원에서 잠들어 있다. 노래하
지 말라! 조용!

──프리드리히 니체[1]

1. 우울증자의 역설

굳이 스피노자를 참고하지 않더라도 우리는 역량의 증
대가 기쁨을 주고 감소는 슬픔을 준다는 것을 본능적으로
안다. 우리는 크고 강해질 때 기뻐하고, 작고 약해질 때 슬
퍼한다. 당연한 이야기지만 우리는 대체로 기쁨을 추구한
다. 그리고 우리는 스스로를 강하게 만드는 관련을 늘려

---

1 프리드리히 니체, 『차라투스트라는 이렇게 말했다』, 장희창 옮김, 민
음사, 2004, p. 487.

감으로써 힘을 증대할 수 있다. 누군가 많은 것과 연결될수록 그의 존재감은 커진다. 많은 것과 연결될수록 더 큰 권력을 갖는다. 유능한 사람은 많은 사물과 사람, 언어를 부릴 줄 안다. 그러나 많은 관련을 맺는 것이 항상 좋은 일은 아니다. 반대로 보면, 크고 유능한 존재는 그만큼 관계에 구속되어 있는 존재이기도 하다. 많은 것과 연결될수록 점점 더 관습에 갇히게 되는 것이다. 반복되는 관계의 형태가 곧 관습이기 때문이다.

> 오늘 우리는 채소와 너무 붙어 있기 때문에
> 채소와 분리될 필요가 있다.
> ──「초록과 조금 더 어두운 초록과」 부분

> 어떤 낱말이든 너무 꽉 붙들면 안 된다.
> 헐렁한 옷을 찾아 입는다.
> ──「스노우사파이어」 부분

시집 『징오의 춘안』에서 눈에 띄는 것은 사물과의 관련, 언어와의 결합을 끊거나 느슨하게 하려는 의지다. 이는 슬픔을 추구하는 것처럼 묘한 일이다. 시집의 화자가 하는 일은 대체로 이런 것들이다. 관련을 거절하기, 조용해지기, 실내에 머무르기, 떼어내기. 그는 친구가 집에 온다고 하는데도 거절한다(「실내화」). '너'가 통화하면서 타인과 연결되는 동안, "나는 신발에 붙은 광고지를 떼어"(「통화」)내고 있다. 연결을 거부하는 것은 권력을 거부하는 일이고, 세계로부터 자기 존재감을 지우는 일이다.

화자의 성격은 거의 일관된다. 그는 무언가를 만들거나 찾지 않는다. 뭔가를 실현하지 않는다. 이따금 외출하거나 대화할 때도 있지만, 대체로 혼자 있다. 행동하지 않고, 그저 바라본다. 어떤 때 그는 침대에 누워 거미를 바라본다(「22:22」). 바라보는 일은 그의 업무이자 놀이다. 이는 시집의 첫번째 시에서부터 사뭇 분명하다. 화자는 자신이 만든 얼음이 녹아내리는 것을 "바라보았다"(「얼음 만들기」). 또 다른 시에서 화자는 생일에 삶을 돌아보며 말한다. "나는 놀기만 한 것은 아니다./내가 제일 잘한 것은 곧 눈을 뜨고 앞을 바라본 일이다"(「맨발」). 대상에 대한 감상도 자신에 대한 평가도 없이 그저 바라볼 뿐. 적극적으로 행동하지 않는 화자는 때때로 지나치게 무능해 보이기도 한다. 그런데 무능한 것은 화자뿐만이 아니다.

오늘은 아무 일도 하지 못했다. 손이 없는 것처럼
아무것도 붙잡지 못했다.
책상 위에 서류를 펼쳐놓고 들여다보지 못했다.
종이들은 미끄러져 바닥으로 떨어지고
밀려가는 소리를 냈다.
소방 당국은 산불을 끄지 못했다.

경찰은 방화 용의자를 체포하지 못했다.

──「주택이 끝나는 곳」부분

　모든 일이 처리되지 않고 있다. 소방 당국도, 경찰도 제 일을 하지 못한다. 세계는 불능에 빠졌다. 화자는 홀로 무능한 것이 아니라, 오히려 세계의 불능을 몸소 겪는 중이다. 그는 나쁜 공기를 들이마시듯이 세계의 불능을 들이마신다. 세계에 작용을 가하는 것이 아니라 세계를 느낀다. 병을 앓듯이 세계를 앓는다.

　적극적으로 행동하지 못하고, 어떤 일도 해내지 못하고, 관련됨에서 물러나고, 자신의 존재감을 줄이고, 은둔하는 등의 행태는 우울증의 전형적인 증상처럼 보인다. 하지만 여기에는 이상한 역설이 있다. 눈을 뜨고 앞을 보는 것이 시인의 임무이듯, 세계를 감지하는 것은 하나의 재능이다. 그런데 만약 세계 자체가 고장 났다면, 몰락하고 있다면 이 재능은 어떻게 될까? 감지하는 자 역시 고장 나고 몰락해버린다. 세계를 예민하게 감지하는 것이 그의 재능이지만, 그 재능 때문에 그는 약해진다. 그는 능력의 결과로서 무능해진다. 바로 이러한 역설을 몸소 겪는 존재가 우울증자다.

　흔히 우울증을 떠올리면 마음을 닫고 혼자만의 세계에 스스로를 감금한 사람의 이미지가 그려진다. 하지만 반대로 이렇게 생각해볼 수 있지 않을까. 우울증자는 날씨 혹은 세계의 '기분stimmung'을 예민하게 느끼고 그에 영향을 받는 사람이며, 세계와 단절된 사람이 아니라 오히려 연결 하나하나에 민감한 사람이라고. 따라서 그는 종종 연결을 끊거나 거부할 필요를 느끼는 것이다. 우울을 고쳐야 할 질병이 아니라 힘과 능력의 어떤 상태로 본다면, 화자를 '우울증 환자'가 아니라 '우울증자'라고 부르는 편이 적당하다. 화자는 나무에 뚫린 구멍을 보고(「친구를 만나러 간다」) 불타는 소리를 듣는다(「주택이 끝나는 곳」). 또는 이상한 소리를 듣기도 한다(「최근에 읽은 책은 무엇인가요」「내가 말을 할 때」). 그는 숨을 내쉬는 게 아니라 세계를 내쉰다(「소년」). 그의 신체 곳곳이 뚫려 있어서 사실상 세계와 연결을 끊을 수가 없다.

이 시집의 화자는 모든 관련을 예민하게 감지하기 때문에 구태여 관련을 더하지 않으려 한다. 그는 어지러운 세계에 어지러움을 더하지 않으려 행위를 삼간다. 무언가를 덧붙이지 않고, 꾸미지 않는다. 이 시집의 언어는 이렇게 최소한의 행위, 최소한의 장식을 향한 **감소**로 특징지어진다. 여기에서 이 시집의 정직하고 고결한 불친절함이, 상투적이지 않은 어떤 슬픔이 비롯된다.

2. 책과 발, 그 사이의 거미

이 시집에는 반복되는 어휘의 목록이 있다. 대표적으로 '책' '발' '거미'와 같은 시어다. 이 어휘들은 별다른 장식 없이 반복되면서 거의 개념적인 간결함을 확보하는 듯하다. 시어들을 하나씩 살펴보자.

시 속에 그려진 세계에서 책은 존중받지 못한다. 아마도 시가 씌어지는 오늘날의 현실을 반영한 것일 테다. 책을 읽고 쓰고 만드는 사람들에게는 한층 우울한 정황이다.

좁은 골목 입구에 여기저기 책들이 내던져져 있다. 누가 버렸을까, 아무도 가져가지 않는다.
——「최근에 읽은 책은 무엇인가요」 부분

현관에는 어지러운 책, 쓸모없는 책 들이 폐품으로 놓여 있다.
——「양송이수프」 부분

책은 무가치한 골동품처럼 아무렇게나 버려진다. 버려진 책에 관심을 기울이는 사람도 없다. 어쩌면 책은 더는 이 시대의 사물이 아닌 것 같다. 이런 세상에서도 여전히 책을 읽는 사람들은 어딘가 이상한 사람들이 아닐까. 도서관에서 마주친, 제정신이 아닌 듯한 할아버지는 속삭인다. "책을 보는 척하는 놈들을 조심해, 아무 책이나 책상에 펴놓는 놈들"(「국립중앙도서관」). 어떨 때는 환청처럼 정체 모를 목소리가 들려온다. "책에서 이제 손을 떼려고 해"(「최근에 읽은 책은 무엇인가요」). 그러는 동안 활기찬 사람들, 활동적인 사람들은 책을 읽지 않는다. 책에 신경조차 쓰지 않는다.

커다란 소리로 웃는 사람들이 지나간다. 그들의 발은 책에 걸리지 않고 머리는 서로 부딪치지 않는다.
　　　　　　　　　　　　—「최근에 읽은 책은 무엇인가요」 부분

반대로 비에 젖은 사람, 약해진 사람, 흔들리는 사람은 여전히 책에 발이 걸린다. 비에 젖은 채 집에 찾아온 사람은 어지러운 책들 사이를 방황한다.

그는 내 옆을 지나가고 내 앞을 지나가고 오늘은 다른 사람 같다. 집 안에서 길을 잃은 것 같다. 현관에 폐품이 놓여 있기 때문인지 모른다. 어지러운 책들을 넘다가 발을 잘못 옮겼는지 모른다. 어제와 다른 날씨 때문인지 모른다.
　　　　　　　　　　　　　　　　　　—「양송이수프」 부분

활기찬 사람들의 발은 책에 걸리지 않고, "어제와 다른 날씨 때문"에 비에 젖은 사람의 발은 책에 걸린다. 이러한 정황으로부터 몇 가지를 추론할 수 있다. 첫째, 책은 발걸음에 방해된다. 둘째, 나쁜 날씨는 사람을 약하게 한다. 셋째, 약해진 사람은 책에 발이 걸린다. 이렇게 책은 나쁜 날씨, 미친 사람들, 약해지고 사라지는 것들과 연결된다.

이제 발을 살펴보자. 발은 흔히 생활 세계나 생활력을 함축한다. 예를 들어 '땅에 발을 딛고 있지 않다'라는 말은 구체적인 생활이나 사회관계와 유리되어 아집이나 몽상에 빠진 상태를 일컫는다. 그런데 이 시집에서 발은 계속 사라진다. 비가 오는 날에는 "발에 구멍이 숭숭 뚫리고 붕 떠 있는 것 같았다"(「오늘의 자연 분해」). 풀밭에서도 발은 약해지거나 사라진다. 풀이 불안하게 움직이고 뒤엉키기 때문이다. "헝클어진 풀에 잠겨서 우리의 발은 피가 통하지 않았다"(「가볍게 걷기」). 심지어 포장도로를 걷는 사람들의 발조차 점점 사라지는 듯 보인다(「맨발」). 발을 땅에 잘 딛지 못하는 사람은 굳건한 터전을 잃어버린 사람이다. 세상과 안정적으로 관계하지 못하는 사람, 생활의 근거를 상실한 사람이다.

우리가 무언가를 하려면 단단한 땅에 발을 디딜 수 있어야 한다. 그리고 나서야 움직일 수 있고 움직임을 예측할 수 있다. 하지만 이는 단지 개인적인 의지의 문제가 아니다. 우리가 튼튼한 발을 갖고 싶다고 해서 가질 수 있는 게 아니라는 말이다. 날씨가 나빠지면 발과 땅의 결속은 약해진다. 생활은 불안정해지고 세계는 예측할 수 없는 것이 된다. 땅 자체가 불안하게 움직일 수도 있다. "풀이 둥둥 떠다니"(「표시를 할게」)고 "풀이 움직"(「풀에 베이지 않도록」)인다면 우리는 확신을 지니고 움직일 수도, 어디까지 왔는지 명확히 표시할 수도 없다. 앞서 살펴보았듯, 이때 책은 안정감을 잃은 사람의 발걸음을 더욱 힘들게 한다. 일견 시집 전반에서 책과 발은 대립하는 듯 보인다. 책은 문자와 관념의 세계에 있고 발은 구체적인 생활 세계에 있다. 그렇다면 이 어지러운 세상에서 책을 읽는 행위는 상황을 더 나쁘게 하고, 삶을 더 어렵게 할 뿐인가? 꼭 그렇지만은 않다.

> 나에겐 인간이 없다. 인간은 창밖 저기 거리에서 신속하게 걷는 자들이다.

> 그들은 걸으며 결코 머리 위를 쳐다보지 않는다.
> 위가 펼쳐지지 않도록
> ─「스노우사파이어」 부분

튼튼한 발은 거리를 신속하게 걸으려는 창밖의 '인간'에게 여전히 중요하다. 그러나 화자는 자신이 더는 인간적이지 않다고 말한다. 그는 이미 인간임을 저버렸다. 그는 두 발로 바쁘게 거리를 걷는 그런 존재가 아니다. 만약 인

간이 아니라 거미에게라면, 발과 책의 단순한 대립 구도
는 적용되지 않는다.

거미 한 마리가 책 위를 기어간다. 한 글자 한 글자를
지나 마지막 글자에서 머뭇거린다. 마지막 글자가 떠오
를 것 같다. 거미도 같이 떠오를 것 같다. 하지만 거미
는 페이지와 페이지 사이로 사라진다.
　　　　　　　　　　　　　　—「최근에 읽은 책은 무엇인가요」 부분

인간은 도로 위를 걷지만, 거미는 책 위를 기어간다. 책
은 거미의 발이 닿는 땅이다. 책은 거미의 집이다. 거미는
책의 편에 있다.

이 시집에 자꾸만 등장하는 거미의 정체는 무엇일까?
거미는 이따금 보이지만 종종 보이지 않고, 가끔 화자와
함께하다가 사라지곤 한다(「22:22」「맨발」). 물론 책 위
를 기어가는 작은 거미는 충분히 있을 법한 존재다. 살면
서 그런 거미를 몇 번 본 적 있다. 그러나 이 시집에서 거
미는 헌실적이지 않은 특징도 보인다. "지금 벽에 붙어 있
는 저 거미는 이미 내 몸속을 한 바퀴 돌아 나온 것일 테
다"(「22:22」). 실제 거미가 몸속을 돌고 나올 수는 없으므
로, 이때 거미는 비현실적인 상징처럼 보인다. 거미는 내
면과 외면을 오가고, 있을 법함과 있을 법하지 않음을 오
가며 실이 꿰인 바늘처럼 현실과 시를 엮는다.

거미는 화자가 종종 동일시하고 추구하는 존재인 동시에 완전히 소유하거나 파악할 수 없는 무엇이다. 멋대로 몸속을 돌아다니다가 사라지곤 하니까 말이다. 그렇다면 거미는 표상할 수 없는 무언가에 대한 역설적인 표상일까? 거미의 정체를 유추하기 전에, 거미와 발의 관계를 선명하게 드러내는 시 한 편을 보자.

오늘은 내가 태어난 날이다.
내가 태어나서 지금까지 한 것은 거미를 가지고 논 일이다.
틀림없는 거미였다.
거미를 세다가 처음부터 다시 세다가
다른 것을 가지고 놀아도 될 텐데 생각하다가
눈을 감고 한동안 시간을 보낸 일이다.

나는 놀기만 한 것은 아니다.
내가 제일 잘한 것은 곧 눈을 뜨고 앞을 바라본 일이다.
거미가 가버린 곳을 바라본 일이다.
어디로 가버렸는지는 모른다.
바라보고 나서
눈을 뜰 때도 있다.
그러면

눈앞에

거미 대신

첫번째 사람이 맨발로 포장도로를 걷는다.

두번째 사람이 맨발로 걷는다.

세번째 사람이 맨발로 걷는다.

포장도로 위에서 그들의 발은

얇다.

발의 혈관은 얇다.

점점 더 얇아진다.

발은 이제 포장도로를 거의 딛지도 않는다.

포장도로를 사용하지 않는다.

날씨를 살피려 일어선다.

해가 났는지 보려 한다.

내기 오늘 한 것은 포장도로를 위해

차를 마시고

차를 마지막 한 모금까지 마시고

잔을 어디에 내려놓아야 하는지 잠시 망설이고

조용해진 것이다.

—「맨발」 전문

시집에 수록된 다른 시편과 달리 상당히 고백적으로 읽히는 시다. 생일을 맞아 지난 삶을 돌아보는 화자는 자신이 평생 거미를 가지고 놀거나 사라지는 거미를 바라보았다고 말한다. 화자와 저자를 겹쳐 읽는 일의 위험을 모르지 않지만, 오랫동안 시인으로 살아온 저자의 삶을 고려할 때 시의 거미를 '시'로 읽는 것도 이상하지는 않다. 사라지는 시를 보는 것이 시인의 업무다. 시인은 눈을 뜨고 앞을 보는 사람, 즉 견자(見者)다. 그런데 이상하다. "바라보고 나서/눈을 뜰 때도 있다." 바라보려면 눈을 감았어야 했다는 것이다. 눈을 감을 때 오히려 눈을 뜨게 되었다는 것이다.

위의 시에서도 첫눈에 두드러지는 것은 내면과 외면, 실내와 실외의 구분이다. 화자는 눈을 감고 거미를 보고, 거미가 사라지자 눈을 뜨고 창밖의 인간을 본다. 실내에는 거미와 노는 화자가, 실외에는 맨발로 포장도로를 걷는 세 사람이 있다(이때 거미의 발은 여덟 개다. 발의 개수로만 치면 사람 세 명보다 거미 한 마리가 더 월등하다). 따라서 처음에는 이원화된 계열이 있는 듯 보인다. '거미-실내-시'의 계열과 '발-실외-포장도로'의 계열. 그러나 실외를 걷는 사람들의 발도 약해지고 있다. 그들은 종국엔 땅을 딛지 않는 것처럼 보인다. 게다가 마지막 연에서 화자는 거미를 좇지 않고 오히려 "날씨를 살피"고

"포장도로를 위해/차를 마"신다. 염려가 실내에서 실외로 옮겨간 것이다. 이렇게 두 계열의 구분은 뒤섞이며 모호해진다. 실외의 발은 점차 약해지고, 실내의 화자는 조용해진다. 결과적으로 두 공간 모두 무위를 향해 축소되어 간다. 거미의 세계와 발의 세계는 무위를 향한 수렴 운동 속에서 뒤섞인다. 거미도 사라지고, 발도 사라지며, 화자는 조용해진다.

3. 반전의 시간

그러나 감소를 기록하는 일의 정확한 의미는 무엇인가? 이 감소의 경향은 결코 일방향적이지도, 단순하지도 않다. 누군가가 노트를 들고 이렇게 말한다. "*아무 일도 할 수가 없어, 새로운 것을 꾸밀 수 없어*"(「노트」). 또 누군가는 이렇게 쓴다. "*죽는 수밖에 별도리가 없다*"(「스노우사파이어」). 이런 일이 어떻게 가능한가? 우리는 이런 진술이 어떤 섬에서 부조리한지 안다. 아무 일도 할 수 없다고 말하는 사람은, 아무 일도 하지 않는 대신 할 수 없다고 말하고 있다. 죽는 것밖에 방법이 없다고 쓰는 사람은, 죽는 대신 죽는 수밖에 없다고 쓰고 있다.

역량이 감소할 때, 우울할 때 우리는 아무것도 할 수 없다. 하지만 누군가가 "아무 일도 할 수가 없어"라고 쓸 수 있는 한, 엄밀하게 말해 그는 아무것도 할 수 없는 것은 아니다. 글쓰기는 바로 이러한 반전의 문턱이다. 글쓰기가 있는 한 언제나 반전의 가능성이 존재한다. 글쓰기는 비밀스러운 차원에서 감소를 증대로, 슬픔을 기쁨으로 전환한다.

이 지점에서 특별히 흥미로운 점은 시집의 제목이다. 지금까지 살펴본 감소의 경향은 "정오의 총알"이라는 제목이 자아내는 뜨겁고 폭발적이며 발산적인 인상과는 뚜렷이 대비된다. 앞서 보았던 경향—조용해지기, 은둔하기, 생명력의 최소화 등—은 보통 정오가 불러일으키는 이미지, 즉 활달하고, 정점에 있고, 뜨거운 이미지와는 대비된다. 여기에는 의도적인 아이러니가 있는 듯하다.

관건은 정오라는 시간을 어떻게 이해할 것인가이다. 일찍이 '위대한 정오'의 철학자 니체는 이렇게 썼다. "한밤중은 또한 정오이기도 하다."[2] 한밤중이 정오라니, 도대체 무슨 말일까? 니체를 읽다 보면 이처럼 한 문장에서 상반된 내용을 동시에 말하는 경우를 왕왕 볼 수 있다.

> 내가 데카당이라는 사실을 차치하면 나는 또한 데카당과는 정반대의 인간이기도 하다.

---

2 프리드리히 니체, 같은 책, p. 569.

나는 상승이면서도 하강인 것이다.

다음 사실을 주목하라. 나의 생명력이 가장 쇠진해 있던 바로 그때 나는 염세주의자로 존재하는 것을 그쳤다.[3]

지금 니체를 이해하는 것이 중요한 문제는 아니지만, 상반된 내용을 동시에 말하는 아포리즘을 이해하는 것은 이 시집에 접근하는 데 필요하다. 어떻게 한 세계가 한밤 중인 동시에 정오일 수 있는가? 어떻게 누군가가 데카당 인 동시에 그 반대일 수 있는가? 어떻게 누군가가 가장 약해졌을 때 세계를 긍정하기 시작하는가? 어떻게 상승이 하강으로, 가장 어두운 시간이 가장 밝은 시간으로 **반전** 되는가? 이는 곧 이 시집이 제기하는 질문이며, 능력이 무 능력이 되고 약함이 강함이 되는 우울증자의 역설이 제기하는 수수께끼이기도 하다.

우선 이렇게 물어보자. 이 시집에서 정오는 어떤 시간 인가? 이에 답하기 위해서는 물론 표제작을 주의 깊게 읽 어야 한다.

방충망에 매미가 붙어 있다. 두 마리였다가 세 마리

---

3 프리드리히 니체, 『이 사람을 보라』, 박찬국 옮김, 아카넷, 2022, 각 각 순서대로 pp. 29, 24, 30.

였는데 지금은 한 마리가 붙어 있다. 붙어 있을 뿐이다. 조금 전까지 요란하게 울어댔는데 가까이 다가가니 울지 않는다. 얼굴을 꿰맨 것 같은 배와 날개를 꿰맨 것 같은 매미는 포복을 멈춘 몸이다. 망에서 더 이상 흩어지지 않는다. 너는 어디서 왔는가, 방충망을 사이에 두고 나는 너와 마주하고 있다. 너는 비로소 차분해진 것인가, 언제든 죽은 것처럼 보이는 것은 자연스러운 일이다. 망에 붙은 벌레를 떼어낼 필요는 없는 일이다. 하지만 방충망을 가볍게 치니 매미는 정오의 총알처럼 솟아오른다.

—「정오의 총알」전문

처음에 시끄럽게 울던 매미는 두 마리에서 세 마리가 되었다가 한 마리로 줄어든다. 울음소리도 잦아든다. 매미의 존재감은 점차 감소하다가 끝내 죽음에 이르는 듯 보인다. 정오는 매미조차 노래하지 않는 시간이다. 모든 것이 정지하고, 조용해지고, 죽음에 가까워진다. 이 시에서도 감소의 모티프는 명백하게 유지된다.

그러나 반전이 있다. 시의 중반까지 화자는 매미를 그저 바라보기만 하는 존재였다. 하지만 화자는 끝내 방충망에 손을 댄다. 새로운 관련을 만들고 만 것이다. 다른 생명과 접촉하고 만 것이다. 실내와 실외가 접촉하는 순간이다.

물론 이 상황 자체에는 아무 특별함도 없다. 매미가 죽은 듯 방충망에 붙어 있는 이미지에 무슨 특별함이 있겠는가? 매미가 날아오르는 데 무슨 특별함이 있겠는가? 그러나 "이미지에서 중요한 것은 그 초라한 내용이 아니라, 이미지가 포획하고 있는 폭발 직전의 강렬한 에너지다. 그렇기 때문에 이미지는 결코 오래 지속되지 않는다."[4] 이 시가 보여주는 것은 침묵과 정지로 응결되었다가 갑자기 폭발하는 정오의 이미지다. 최소한으로 줄어든 이미지는 최대한으로 압축된 이미지이기도 하다.

이렇듯 정오는 반전이 일어나는 시간이다. 이 지점에서 우리는 다시 니체를 연상할 수 있다.[5] 니체가 오랫동안 편두통, 소화불량, 우울증을 앓았음은 잘 알려져 있다. 그런데 병은 그에게 약점으로 작용하지만은 않았다. 병을 앓는 동안 그는 "병자의 관점에서 더욱 건강한 개념과 가치들을 음미한다든가 거꾸로 풍부한 삶의 충일과 자기 확신으로부터 데카당스 본능의 은밀한 작업들을 내려다보"았다. 그럼으로써 관점 전환의 대가로 거듭났다. "지금 나는 관점을 전환하는 것을 완전히 습득했으며 자유자재로 할 수 있다."[6] 관점을 전환할 수 있다면 이제 병은 단순히 약

4   질 들뢰즈, 『소진된 인간』, 이정하 옮김, 문학과지성사, 2013, p. 43.
5   그 자신이 스스로를 관점 전환의 대가로 소개하듯이, 니체에게는 심오한 반전의 논리가 있다(장 프랑수아 리오타르, 『니체와 소피스트』, 이상엽 옮김, 지식을만드는지식, 2015 참조).
6   프리드리히 니체, 『이 사람을 보라』, p. 28.

함을 의미하지 않고, 건강은 단순히 강함을 의미하지 않는다. "나의 생명력이 가장 쇠진해 있던 바로 그때 나는 염세주의자로 존재하는 것을 그쳤다." 가장 약해졌을 때 그는 삶을, 세계를 통째로 긍정하는 법을 배웠다.

그에 비해 염세주의자는 단지 충분히 단념하지 못한 인간이다. 염세주의자는 아직 충분히 약하지 않다. 그렇기에 그는 강하지도 못한다. 그는 여전히 기대와 당위를 세우고, 그에 비추어 있는 그대로의 세계를 부정한다. 그는 지금보다 더 나은 세계에 대한 기대를 버리지 못했기에 지금 이 세계에 환멸을 느낀다. 세상을 부정하지 않으려면 기대와 희망을 철저히 단념해야 한다. 모든 기대와 희망이 사라졌을 때, 삶이 바닥을 칠 때, 그는 비로소 염세주의를 벗어난다. 여기에 우울증자의 비밀이 있다. 그는 자신의 능력 때문에 무능해졌다. 하지만 동시에 그는 자신의 약함 때문에 강해지고 있다. 그는 자신을 끝없이 감소시킨다. 그는 관련을 단념했고 자신을 포기했다. 하지만 그럼으로써 그는 새로운 세계를 향해 열린다. 그가 완전히 소진되었을 때, 비로소 의미의 눈치를 보지 않는 온갖 조합이 가능해진다. "소진된 자만이 가능한 것을 소진할 수 있다면, 그것은 그가 모든 욕구, 선호, 목적 혹은 의미를 이미 다 단념했기 때문이다. 소진된 인간만이 충분히 무용하고 빈틈없다. 그는 계획들을 짜는 대신 기꺼이 의미 없는 도표와 프로그램 들에 매달린다."[7]

이러한 반전이 가능하려면 먼저 모든 가능성을 소진해야 한다. 모든 희망을 포기해야 한다. 한때 사랑했던 연인들이 미련만 남아 헤어지시 못히며 서로를 괴롭힐 때, 그들을 괴롭히는 것은 관계가 좋아질 수도 있다는 **가능성**이다. 마찬가지로 우리를 괴롭게 하고 착취하는 체제에 우리가 계속 매달리는 까닭은 이 체제 내부에서 처지가 더 나아질 수도 있다는 기대나 희망을 버리지 못하기 때문이다. 미련을 버리려면 바닥을 보아야 한다! 가능성을 소진했을 때만, 단념에 이르렀을 때만 새 삶이 시작되리라.

정오는 반전의 시간이며, 최악과 최선이 겹쳐지는 시간이다. 가장 약해지는 시간이고, 비로소 강해지는 시간이다. 정오는 관점이 전환되는 시간이다. "아무도 모르는 집"(「시인의 말」)에 은거하던 이가 외출하는 시간이다. 정오는 폭발이 다가오는 시간이다. 세계는 폭발을 앞두고 있다. 물론 우리가 기대했던 종류의 폭발은 아닐 것이다. 우리가 기대하며 매달리는 희망과 가능성을 소거해버리는 폭발일 것이다.

---

7 질 들뢰즈, 같은 책, p. 28.

4. 개연성을 소진한 세계

모든 가능성과 기대를, 의미를 단념하고 나면 무슨 일이 벌어지는가? 언젠가 시인은 한 대담에서 이렇게 말했다. "우리의 의식은 과부하가 걸려 있다. 관련의 과부하 말이다. 시간, 공간, 사물들 모두가 체계와의 관련 속에서만 존재하는 것이다. 시는 이 관련을 해지하는 것이다."[8] 우리 모두 숱한 관련 속에 있다. 언어의 상징체계 속에, 타인과의 사회관계 속에, 사물과 기술과 제도의 네트워크 속에 살아간다. 그런데 대부분의 관련은──그 관련이 두텁고 안정적일수록── 일상화, 관습화, 상투화되어 인식할 수 없고 염려할 필요도 없는 것이 된다. 상황의 많은 요소는 치밀하게 짜여 상황을 안정화하고 예측할 수 없는 변화를 막는다. 거꾸로 말해, 많은 관련을 장악할수록 상황은 예측 가능한 것이 된다. 시는 이러한 권력을, 예측 가능성을 거부한다. 시인이 말한 "관련의 해지"는 바로 이렇게 습관화된 관련을 전체적으로 거부하는 일이다. 습관은 관련을 감지할 수 없는 것으로 만들지만, 시는 이 감각의 휴식을 거부한다. 그러고 나면 모든 관련이 당연하지 않은 것, 낯선 것으로 거듭난다.

---

8 이수명·이재훈 대담, 「투명한 착란과 자유로운 공황의 미학」, 『시와 세계』 2007년 봄호, p. 111.

관련의 과부하가 사라지면 어떤 일이 벌어질까? 모든 일들이 돌발적으로 출현하게 된다. 다시 표현해 보자. 모든 운명의 놀발성이 전면화된다. [⋯⋯]

관련의 해지는 한편 사물들의 새로운 관련으로 응수된다. 사물들은 우리를 놀리는 듯이 이상한 관련을 맺는다. 기형적인 짝짓기이다.[9]

우리는 우리가 아는 현재의 요소들로부터 가능한 미래를 예측하거나 기대한다. 그런 의미에서 우리가 일상적으로 말하는 가능성은 개연성 속에 머무른다. 개연성proba-bility은 '있을 법함'을 의미한다. 개연적인 변화는 관련의 체계 내에서의 점진적인 변화, 예측 가능한 변화, 통제된 변화다. 따라서 사실상 진정한 변화가 아니다. 개연성은 사물의 돌발적인 출현을 길들이는 동시에 금지한다.

관련의 과부하가 사라진 세계는 곧 개연성이 무너져버린 세계다. 어떤 가능성도 기대할 수 없는 세계이면서 무엇이든 가능한 세계. 움직이는 풀밭처럼 안정성을 상실한 곳이다. 개연성이 사라진 세계에서는 아무것도 예측할 수 없다. 캐리어 상점에 가서도 "주인이 캐리어를 팔지 알수가 없다"(「성탄절이 이상하다」). 갑자기 도로에 상자가 나타나 앞으로 갈 수 없다(「나무 상자」). 갑자기 "아무 이

---

9 같은 글, p. 112.

유 없이/위반 없이/스노우사파이어가 펼쳐진다"(「스노우
사파이어」).

개연성이 사라진 세계에서 몇 가지 돌발적인 사태가 일
어나기만 하는 것은 아니다. "사물들의 새로운 관련"이
맺어지기도 한다. 습관적이거나 상식적이지 않은 관계가
이루어지는 것이다. 시집 곳곳에서 뒤집히거나 뒤틀린 인
과관계를 볼 수 있다.

> 바스락거리는 소리
> 잠옷이 나를 상냥하게 하네 바스락거리는
> 잠옷이 나를 아프게 하네
>
> [……]
>
> 오늘 입은 잘못이라 하네
> 흰 커튼을 매달아놓은 집이 있어
>
> 커튼은 뜻 없이 물결치고
> 내가 발끝으로 걸을 때마다
> 처음 보는 책들이 머리 위에서 떨어진다.
>
> ──「흰 커튼」 부분

상식적으로 생각해보면 잠옷이 사람을 아프게 할 리 만

무하다. 아프니까 집에 머물렀고 집에서 쉬고 있으니 잠옷을 입은 것이다. 그러나 시의 진술은 이러한 상식적 인과관계를 뒤집는다. 열이 나면 피부가 예민해지고, 작은 바스락거림도 통증으로 감지된다. 그럴수록 사물의 "바스락거리는 소리"가 더 잘 들린다. 잠옷이 내게 무슨 말을 거는 듯하다. 갑자기 세계는 우리가 알지 못하는 언어로 가득 차 있는 듯하고, 그리하여 "처음 보는 책들이 머리 위에서 떨어"지는 듯하다.

 친구를 만나러 간다.
 이 나무에서 저 나무로 벌레들이 옮겨 가기에 친구를 만나러 간다.
 벌레보다 먼저 나무가 움직이기에 친구를 만나러 간다.
 ──「친구를 만나러 간다」 부분

 위 시에서도 상식을 벗어난 인과관계가 나타난다. 내가 친구를 만나러 가는 것과 벌레들의 이동이 무슨 상관이겠는가? 그러나 날씨가 풀리고, 봄이 오고, 벌레들이 실이 움직이는 흐름이 나의 외출을 부추겼을지도 모른다. 이렇게 시는 우리가 평소에 의식하지 않던 세계의 흐름을 의식하게 한다. '나'는 스스로 힘을 주고 움직이지 않는다. 파도에 몸을 맡기듯 세계의 흐름에 내맡겨져 있다. 이 흐름은 자연스러우면서도 낯선 조합들로 가득하다. 그것을 가리고 있던 인위적·관습적 관련들이 사라졌기 때문이다.

　　어두운 밤이었다. 비가 내리고 있었다. 한 소년이 어두운 운동장을 걷고 있었다. 비옷이 거의 땅에 닿으려 했다. 소년은 운동장을 가로지르더니 곧 가장자리를 따라 둥글게 걸었다. 걸을수록 비옷이 점점 땅에 끌렸다. 어느 순간에는 소년이 멈추고 가장자리가 돌았다. 가장자리의 나무들이 천천히 돌았다. 어둠이 비에 젖는 것인지, 비가 어둠에 취한 것인지 알기 어려웠다. 그러다 나는 소년을 놓치고 말았다. 분명 소년은 운동장을 따라 걷고 있었는데, 나는 그 모습을 눈으로 계속 좇고 있었는데, 갑자기 보이지 않았다.

　　비옷만 나무에 걸려 있었다.
　　그것은 홀로 공중그네를 타는 듯 흔들렸다.
　　비닐 비옷을 피해 그 흐릿한 형체를 피해

　　비는 구부러졌다. 빗줄기들이
　　구부러지며 서로 부딪쳤다.
　　부딪치며 소년을 어디에 숨겨놓았는가

　　비에게 물어보지 못하고 나는 숨을 쉬었다.

숨을 쉬지 않았던 것도 같았다.

무거운 운동장을 천천히 내려놓았다.

—「소년」 전문

어떤 반복된 동작이 주객을 뒤집는다. "어느 순간에는 소년이 멈추고 가장자리가 돌았다." 무엇이 먼저인지, 누가 주체인지, "어둠이 비에 젖는 것인지, 비가 어둠에 취한 것인지" 알 수 없다. 이러한 뒤섞임에 대해 우리는 상호주체성이 아닌 상호수동성을 말할 수 있다. 우리는 이런 방식으로 세계와 연결된다. 능동적으로, 주체적으로 의지를 발휘해 세계에 작용하지 않고, 우리 자신도 알지 못하는 방식으로 세계에 침투당한다. 마찬가지로 '나'는 숨을 들이마시고 내쉬는 것이 아니라 운동장을 들어 올리고 내려놓는다. 운동장이 내 안에 들어왔다가 나간다. 어째서 이런 인식이 가능할까? 비가 오고 있기 때문이다(비가 오기 시작할 때, 혹은 비가 그칠 무렵에 운동장의 흙냄새가 훨씬 잘 느껴진다는 사실을 누구나 알고 있을 것이다). 이렇듯 '나'의 몸에는 구멍이 숭숭 뚫려 있다. 그렇기에 거미가 들락날락할 수 있었던 것이다. 앞서 거미를 시의 *싱킹*으로 읽었지만, 거미는 단순히 정지해 있는 관념이 아니었다. 거미는 차라리 신체를 들락날락하는 힘, 그렇게 움직이는 무엇의 이름이다. '나'의 관점에서는 내면과 외면, 실내와 실외가 구분되지만 거미의 관점에서는 안팎이 없으며, 굽이굽이 이어지는 하나의 길이 있을 따름이다. '나'는 대체로 은거해 있고 이따금 외출하지만 시는 '나'를 통과하면서 끊임없이 움직이고 있을 따름이다.

이제 우리는 우울증자의 역설을 이해할 수 있다. 우울증자는 자기를 최소화하는 존재이지만, 그럼으로써 세계를 향해 열리는 존재이다. 우리는 이 시집의 주인공을 니체식 아포리즘으로 말할 수 있다. 그는 세계와의 관련을 끊은 사람이지만, 그 점만 빼고는 누구보다 세계와 연결되어 있는 사람이기도 하다. 끝 모를 구멍으로 들어간 '나'는 돌아오지 않는다(「친구를 만나러 간다」). 내가 사라지고 거미도 사라졌을 때, 사물은 예상하지 못한 곳에서 비로소 발견된다(「머그컵」). 나는 나를 비우고 그 자리를 세계로 채운다.